新潮文庫

真夜中のたずねびと

恒川光太郎著

新潮社版

11748

目次

ずっと昔、あなたと二人で……7
母の肖像……75
やがて夕暮れが夜に……139
さまよえる絵描きが、森へ……209
真夜中の秘密……277

解説　朝宮運河

真夜中のたずねびと

ずっと昔、あなたと二人で

1

湿った春の風が吹き荒れるその日、静かな町にアキは姿を現わした。

アキは、少年の姿をしていた。小学校の高学年か、中学生に見えた。

黒い髪を風になびかせていた。

アキは学校には通っておらず、仕事もしていなかった。親もおらず、友人もいなかったし、家もなかった。

アキは一年ほど前から空き家を見つけて、そっと潜り込み寝泊まりする生活を続けていた。

東京にも地方都市にも、なんらかの事情で人が住んでいない戸建て住宅というのは相当数ある。

いったん家に入れば昼はじっとしており、夜になると、盗みにでかける。たいしたものは盗まない。畑から野菜や、果物、留守宅に侵入して冷蔵庫の中の食材を盗んだりもする。

だが空き家というものは、永久に空き家であるわけではない。家主が死去して空き家になったところは、やはり親族がやってくるし、不動産業者や行政も訪れる。近隣住民の視線に全く触れないということもないから長くはいられないのだ。

アキは離脱のタイミングを見極めることに鋭かった。通報される少し前に空き家を離れた。

匂《にお》いや物音、気配、人の感情というものに敏感で、それ故《ゆえ》、軽犯罪を積み重ねながらも一度として捕まることはなかった。

トタン屋根の六軒のボロ家が並んでいる。全《すべ》てが空き家と思われた。草が生い茂り錆《さ》びたガラクタが転がっていた。

突き当たりに白い家があった。

アキは、その白い家に何かを感じた。

周辺のボロ家からは浮いた高級感のある邸宅だった。広そうだし、造りもしっかりしている。だが築年数はそれなりだろう。塗装はあちこち剝《は》げ、蔦《つた》が這《は》い、苔《こけ》も生え、立派であったはずの門扉もがたついている。表札には「御殿葉《ごてんば》」とある。

人の気配はない。庭も草に覆《おお》われている。周囲も無人のようだ。

もしかしたら空き家かもしれない。

呼び鈴を押した。家の中で物音がすれば、すぐに立ち去るつもりだった。しかし物音はしなかった。

アキは庭に侵入した。

庭では猫が三匹蹲《うずくま》っており、昼寝をしていた。アキを見ると、どうしようかな？と首をあげたが、まあいいか、というようにまた目を瞑《つぶ》った。

縁側からガラス戸に手をかけた。鍵《かぎ》がかかっておらず、からからと開いた。中は静まっていた。家具がきちんと並んでいる様子から、居住者はいるにちがいなかった。

アキは忍び足で中に入った。

冷蔵庫を開くと中に入っていた缶ジュースを飲み、胡瓜《きゅうり》をかじり、ビスケットを食べた。

ソファに腰掛けた。

ＴＶ台の下のガラス扉に、ＶＨＳのビデオデッキ。ＴＶ番組を録画したらしいビデオテープがある。目を壁に向ければ窓枠にガラス細工の七福神が飾られていた。

周囲は、しん、と静まっていた。車の排気音も、人の声もしなかった。

昨晩はずっと、森の中の無人の神社で過ごしたが、寒くてほとんど眠れなかったので疲れていた。そして今は春のうららかな陽気である。少しだけのつもりで目を瞑るとそのまま意識を失った。

鼻孔をカレーの匂いが刺激する。

はっと目を開くと、自分の体に薄い毛布がかかっていた。部屋は電気がついている。外はもう暗かった。こんな不覚ははじめてであった。

キッチンに老婆《ろうば》がいた。

老婆は黙ってこちらを見ている。

老婆とアキはしばし互いを観察しあった。

「あんたは、なんなんだい？」老婆は問いかけた。

さあね？　アキは首を横に振った。答えるかわりに鼻をひくつかせて匂いを嗅《か》いだ。

老婆はライスとカレーのはいった深皿をさしだした。

老婆を見る。

食べてもいいの？　目で確認する。

老婆は頷《うなず》く。

アキはスプーンでカレーをすくって口に運んだ。食べ終わるまでは頭の中が真っ白になってしまい、何も考えられなかった。

アキは誰かとの遭遇があれば、これまでなんの逡巡《しゅんじゅん》もなく逃走してきた。場に留まれば留まるほど厄介になる。しかし今日は、いつもと全く様子が違っていた。

「天使だね」

老婆はいった。

アキは、自分は〈テンシ〉とやらではない、と思った。

「天使がやってきて、腹を空かせている。そして……ああ、そうだ。私の家に天使がやってきた」

しつこくいわれると、自分は〈テンシ〉なのかもしれない、という気になった。

食事が終わると老婆とアキの間にまた探り合うような間が置かれた。

老婆は静かに優しくいった。

「いくつかの質問に答えるんだ」

たぶん無理。アキは首を横に振った。だが老婆は気にせずにいった。

「あんたの家はどこだね」

アキは首を捻《ひね》ってみせた。居住している場所は、今はない。

「ないんだね？」アキは頷く。

「あんたは言葉を話すことができない。そうならば首を縦に振って」

アキは頷いた。

喋《しゃべ》れなかった。だが相手が何を話しているのかはわかる。

「この家は、空き巣に入ったのかい」

事実そうである。取り繕うにも会話ができないのでうまくいかない。しかし空き巣を認めたら、どうなるか。だから否定も肯定もしない。

「そして寝てしまった」

アキはじっと老婆の顔を見た。老婆が噴き出したので、つられて少し笑った。

「警察に捕まったことはある？」

あったらここにいない。アキは首を横に振った。

「へえ」老婆は驚いたようにいった。「それは凄《すご》い。素質があるんだろうね。でも辛《つら》いだろう？　辛かっただろう。可哀想《かわいそう》に。あんたに教えよう。そうした日々はもうここで終わりだということだ。わかるか？」

辛かったのかどうかアキにはわからなかった。だが、なぜ終わりなのだろう。

「寝床を用意してあげる。これからここで好きなだけ暮らすがいい。もちろん出ていきたければそれは自由だ。だが、私にはわかる。天使はね、弱いんだ。清流でしか生きていけない魚なんかと同じで、今だって綱渡りのようなものだろう。いずれやられる。最終的には行き詰まりだ。ここは天使が休む場所だ。あんたはね、ようやく到着したのだよ」

　アキは風呂《ふろ》に入った。石鹸《せっけん》で髪と体を洗う。久しぶりの風呂だった。念入りに黒くなった爪《つめ》や、足の指の間を洗った。

風呂からあがると、老婆は浴衣《ゆかた》をアキに与えた。そして脱いだものは洗濯機に放り込んだ。

二階にある四畳半の一室を与えられた。敷かれている布団《ふとん》は古かったが、アキには十分すぎるほどの寝床であった。

真夜中にアキは目を覚ました。親切すぎる。今のうちに逃げなくてもいいのだろうかと不安になった。だが、浴衣で逃げるわけにもいかない。

そっと窓を開けて、夜風の匂いを嗅ぎながらどこか遠くの猫の喧嘩《けんか》に耳をすませた。逃げようと思えば簡単に逃げられる。今逃げる必要はなかった。

そしてアキは老婆と暮らし始めた。

2

老婆が買ってくれたズボンとシャツを着た。下着も靴も何もかもが真新しくなった。

老婆は一種独特の世界観をアキに説いた。

「あなたは天使である」

天使とは、神が地上に遣わした存在である。神は天使に〈大目的〉というものを授けている。

「その目的の一つは、まず、ここに辿《たど》り着くことであった」

老婆は断定的にいった。

アキは冷えたソーダを飲みながら頷いた。

いわれると、なんとなくそんな気がしてしまうから不思議である。

老婆自身は、神と交信することができるという。その交信によれば、

「あなたが神から与えられた大目的は、私があなたに与える使命を遂行すること。使命の遂行という言葉が難しいなら、こういってもいい。私があなたに何かを命じたら、

あなたはそれをいわれた通りに実行する。それが一番正しく、気持ちよく生きていけるやり方なんだ」

アキは老婆が好きであった。

老婆の神秘主義はなんだか不思議で面白かった。自分が天使で、神に与えられた使命を果たすために地上にいるという考えには胸をくすぐられた。老婆の料理も美味《うま》かった。何より、アキは長い間、誰かに面と向かってかまってもらうことがなかった。

老婆にもっといろいろと気分のいいことをいってもらいたかった。

「それでは私からの最初の使命だ。この紙に書いてある食材をスーパーにいって買ってくるんだ」

アキは頷いた。

「これで足りるだろ。足りなかったら、イチゴは買わなくていい」

老婆は二千円をアキに渡した。

紙には、洗濯用洗剤や、じゃが芋やブロッコリーなどの食材が記されていた。

何か突っ込もうと思ったが喋れないから億劫《おっくう》だし、自分の旅も含めて、人生の全ては壮大な〈ごっこ遊び〉という気もした。

買物をして帰ってくると、老婆は買ってきた食材で煮物を作ってくれた。

それからアキは老婆に命じられるままに、買物をしたり、風呂場の床を掃除したりした。それらは苦もないことであった。老婆はアキが手話ができないことを知ると、ごく簡単な、あいさつやお礼の手話を教えた。

ソファに座ってTVをぼんやり見た。バラエティ番組のあと、神戸の震災のニュースが流れた。黒煙があちこちからあがる燃える町。崩れて倒れた高速道路。半壊したビル。自分の家族が消滅した元凶の震災であることは知っていたが、TVで見ると現実感がなかった。

「散歩にいくぞい」

老婆の言葉に、アキは頷いた。

老婆は家をでて歩き出す。アキは老婆の後ろをついていく。老婆はとてもゆっくりと歩いた。

老婆は車の多い通りはあまり好きではないようで、建物と建物の間の細い道をどんどん進む。

資材置き場がでてくると、老婆はぼそりといった。

「ケンちゃんに会うか」

錆びたドラム缶が転がる木造平屋がぽつんと建つ土地に入ると、老婆は大きな声で呼んだ。

「ケンちゃ〜ん、いるか〜い」

坊主《ぼうず》頭で、眼鏡をかけた猫背の中年男がでてきた。ケンちゃんはアキを見るとぎょっとした。

「バアちゃん、誰？　バアちゃんの孫？」

アキはじっと老婆の後ろに立っていた。

「うんそう。孫。喋れない子なんで、話しかけても無理よ。ケンちゃん、作ったコレクション見せてくれ」

「孫かよ」ケンちゃんは落ち着かない様子で早口にいった。「こないだいってたアメリカの」

「それより、いいのあったら買うから、はよ、見せて」

トタン屋根の軒下にいくと、ケンちゃんの作品群があった。目白や尾長、鳩や烏《からす》の剝製《はくせい》。ネジやナットなどで作ったオブジェ。鳥の骨に色を塗った貝殻を貼《は》り付けて加工した何か不思議なもの。買うと老婆はいったが値札はない。

「石のやつある？」老婆はいった。

ケンちゃんはアルミのトレイをもってきて縁側に置いた。

トレイには小さな工芸物がたくさん載っていた。

緑色の勾玉《まがたま》。獅子《しし》、とぐろを巻いたヘビ、兎《うさぎ》。なんだかよくわからないドーナツ形のもの。素材は石のようだ。

「これね、ケンちゃんが全部作ったのよ」老婆はアキに教えた。

「はん！」ケンちゃんは恥ずかしそうにいうと、ちらりとアキを見てすぐに目を逸らした。

老婆は千円札をだした。

「生活苦しくて、お金がないから、あんまり買えないねえ。千円までしか買えない。石のやつ五つで千円でいいかね？　いいね？」

値段は老婆が決めているようであった。

「ええよ。じゃあイッコおまけしてやるわ」ケンちゃんが勾玉を一つ増やした。

老婆はタオルでそれらを包むとバッグにしまった。

「また来るよお。いいのできたら見るから。このあいだの生きた蛙《かえる》をガラスの中に封じた玉はよかったね」

ケンちゃんの家をでると、老婆は、アキにいった。

「ケンちゃんはね、昔、泥棒して刑務所に入ってその後もいろんな小さい犯罪で何度も刑務所に入って、四十越えてから、ああいうの作るのに目覚めたんだ。それからはもう凄くマジメになって刑務所のお世話にはなっていない。滑石《かっせき》っていう加工しやすい石を川原とかで探して拾ってきてね、それを削って磨いて作る。塗料も塗って。ありゃあ芸術家だよ」

二人で本屋にいき、老婆はいろんな本を買った。その後スーパーに寄った。アキは荷物持ちであった。本がたくさん入った紙袋に、食材の入った袋を両手にもって家に戻ってきた。

「あんたは言葉も喋れず、字も読めず、何もわからない」

それは低く見すぎではないか、とアキは憤慨した。老婆の見積もりより自分は遥《はる》かに賢いはずだった。

「お勉強だ」

老婆は買ってきたばかりの小学生向けの学習教材と児童書を並べた。それを日課としてやるのを〈使命〉とした。

ぴかぴかと真新しい本をいざ開くと、やや低年齢向けの内容に思えたが、それはそれである種のほのぼのとした安心感と面白さがあった。

「はい、ええ、さようでございますか」老婆は受話器を片手に誰かと話している。

老婆は電話の相手ごとにいくつもの声音を使い分けていて、話し方も全く変わる。

「ええ私は代理人です。大比丘尼《おおびくに》様に直接繋《つな》ぐことはできません。なにぶん忙しい方でして、ただ今予約がいっぱいで抽選という形になります。お名前とご住所を教えていただけましたらですね、所定の用紙をお送りしますので、それに必要事項を記入して、返信用封筒にいれて郵便局留めで、送り返してもらっていいでしょうか。はあ？　いつになるか？　いつになるかはわかりませんが、まあ、こちらで受け取ってから一、二ヶ月先だと思いますが」

受話器を置くと、かしこまった口調がすぐに消え「全くこのおばあちゃん、人気でまいっちゃうねえ」といつもの声になってソファに寝転がっているアキの頭を撫《な》でた。

そして机からファイルをとりだし、揺り椅子《いす》に座って書面に目を通しはじめた。

老婆が何か仕事をしているのはわかるのだが、どんな仕事なのかはよくわからない。

「天使よ。少し難しい使命を与える」

老婆はいった。

「この町の外れに、川島《かわしま》、という苗字《みょうじ》の女が住んでいる。コーポ松ヶ崎という白いマンションの５０６号だ。真夜中に、その女の部屋のポストに、この封筒をいれるんだ。これはとても大切なことだからね。決して誰にも見られてはならない。それだけではない。封筒をいれたら、人気《ひとけ》がないことを確認してから五階まで上がって、川島の部屋のドアを強く三回ノックする。決して本人に会ってはいけない。ノックしたら後は素早く階段を使って逃げる。あそこはエレベーターに監視カメラがある。エレベーターには乗るな。帽子を深く被《かぶ》って決してとらないように」

アキは頷いた。

「成功しても失敗しても、ここに戻っておいで。私は待っている。ただし警察に捕まりそうになったら、ここには連れてこないで、うまく逃げるんだよ」

もちろんアキは詮索《せんさく》などしなかった。老婆にいわれたことをするのが自身の〈使命〉であり、生きる理由なのだと半ば信じはじめていたからだ。

夜の町を幽霊のように移動し、アキは該当するマンションのポストに封筒をいれた。部屋を三回、強くノックしてから走って階段をおりた。誰にも見られなかった。たやすいことであった。

夜明け前に戻ってきて、部屋で眠った。

バターの匂いで目を覚ますと老婆がケーキを作っていた。

「首尾良くいったかい」と老婆がきいたので、アキは頷き、指で丸を作ってみせた。

老婆は満足気に微笑《ほほえ》むとクリームと苺《いちご》の載ったケーキをテーブルに置いていった。

「さあ、めしあがれ」

食後、老婆はデスクトップ型のパソコンの電源をいれると、画面を眺めながらぶつぶつと呟《つぶや》いた。

「武蔵野三中のバレー部顧問だった、と。なんでも載っちゃうからねえ昨今は。さあ、次は久里浜《くりはま》さんのリサーチだ」

3

四月の終わり頃、老婆は化粧をすると、鬘《かつら》をかぶり、サングラスをかけ、着物をきて川沿いの森の中の神社に向かった。

普段の老婆とは全くの別人のようであった。

アキも老婆に買ってもらったスーツを着てついていくことになった。

夜の神社には、十数名の男女が待っていた。

普段は無人の神社である。

老婆が到着すると、誰かが「大比丘尼先生がいらしたぞ」と声をあげた。アキは老婆から少し離れたところに立った。老婆の事前の指示では、背筋を伸ばして堂々としていろとのことであった。

「お話は、一人ずつ伺います」

老婆は台の上に水晶玉を置くと、順番に占いをはじめた。

老婆の前に一人の女性が座る。

「お名前は」

老婆は眠たげな声でいった。

「川島です」三十代半ばぐらいの女性がいった。「先生、手紙に書いた件なのですが」

「ああ」老婆はまた眠たげに半目を閉じて水晶玉を見た。

「ああ、ああ、はい」

といった。

「なんでしたっけねえ」

忘れたという風である。

「あ、その、今つきあっている人との結婚のことだったんですが、実は霊にストーカーされているのではないかと」

「とりつかれていると？」

「ええ。ついこの間も、悪口みたいなことが書かれた変な手紙がポストに入っていたり、真夜中に、ドアをドンドンドン、と叩《たた》かれて、のぞき穴から見たら誰もいなくて」

「なるほど」

「もしかしたら昔別れた男じゃないかとも思ったんですけど、ちょっと連絡とってみたら全くそんなことしてなさそうで。心当たりもないし、この話を友人にしたら、やっぱり霊関係じゃないのかって」

老婆は水晶玉をぼんやり見た。

「いい家だね」

「はあ」

「高くて見晴らしがよくて。遠くの音がよく聞こえる。五階ぐらいかな」

「え？」

川島は、嘘《うそ》、なんで、信じられない、と呟いた。

「夜にきたのか。なるほど。いつの夜だい、そのドンドンと叩かれたのは」

「えっと二週間ぐらい前で」

少し間があった。老婆はじっと水晶玉を見ていた。それから、「ああ、そうか」と小さく呟いた。

「悪霊ですか？」

「霊ではない。強烈な悪い思念をもっている生きている女だ。若い。赤い車に乗っていて、そして……毎日むしゃくしゃしている。若い女の恨みは思い当たりますか」

「生きている女ですか？」川島はぎょっとした。「いや、ちょっと……あ、でも今の職場はけっこう女性が多くて」

老婆はふいにこめかみに指をあて苦しそうに呻《うめ》いた。

「大丈夫ですか？」川島が慌《あわ》てていう。

「ん……ん……力は有限だからね、私だって神様じゃないから」老婆は下を向いて、はあ、と息をついた。

「わかったことがある。あなたは昔、不特定多数を相手にする——いろんな人と関わるような仕事をしていた。大勢の前で話すような——これは——子供？」

川島は絶句した。

「すごい……当たってます！　もう三年前です。中学校で教鞭《きょうべん》をとっていました。でもストレスで、辞めてしまって」

川島の目に畏怖《いふ》と崇拝の感情が浮かんでいる。

申込時に訊《き》いてくる住所や名前や、アンケート用紙の質問の答えを丸暗記した上に、さらにいろいろ調べたようですね？　などとは全く思わないらしい。

「そうかい。たぶんその頃に生じた因が今になって果となったかね。教師だったのなら、犯人は元生徒かもしれない。若い女の悪意だ。ただ、そいつは、どこかで、たまたまあなたを発見して、住所を知ってしまい、逆恨みか何かで嫌がらせをしているように思うね。逃げるには引っ越しをするか、捕まえるなら監視カメラを仕掛けて警察に訴えるより他はない」

「そうですか」

「簡単な方法もある」

老婆は目を細めた。もはや眠そうではない。鋭く冴《さ》えた様子でいった。

「あなたに起こっていることは、呪《のろ》いの分類だ。呪いというのは別に目に見えない霊世界のことだけではないんだ。歪《ゆが》んだ気持ちから生じて、相手の心を蝕《むしば》もうとすることは結局呪いと一緒だよ。今起こっていることは、ストーカー問題ではあっても、同時に呪いでもある。そういうものから守る呪具《じゅぐ》がある」老婆はそこで咳《せき》をした。

おもむろに、半紙で包んだ勾玉をだす。掌《てのひら》におさまるケンちゃん製の小さなやつである。

夜の神社の暗がりに点《とも》された提灯《ちょうちん》の明かりに照らされ、鈍く輝く勾玉は、奇妙で異界的な質感を放っていた。

「ただし高額だ。半信半疑なら買わないほうがいい。信念が力を呼ぶ種類のものだから。信じない人間には発動しないし、後でどうこういわれるのも困るので」

老婆は勾玉を撫でていった。

「信じれば効果は抜群だ。以後はあなたを守ってくれるだろう」

代金は二万円。

川島はその場で現金を支払った。

「では次の人」

帰り道、老婆はタクシーを呼ぶとアキと一緒に乗った。

二人はずっと無言だった。

帰宅すると老婆は、着物を脱ぎ、鬘を脱ぎ、水晶玉を仕舞い、布団をしいて一日眠りこんだ。

アキもまたスーツを脱ぎ、夕方まで眠りこんだ。

老婆は大比丘尼からただの老婆に戻った。

アキも謎《なぞ》めいたスーツの従者から、ただの天使に戻った。

目が覚めると、老婆はフレンチトーストを作った。起きてきたアキと一緒に食べ、ＶＨＳのビデオデッキで録画したドラマを鑑賞しはじめた。

アキは居間の隅にある本棚から、古い週刊誌を見つけてなんとなく頁《ページ》をめくっていると、「大比丘尼」について書かれた記事があった。「幻の霊能者・大比丘尼」という見出しである。

記事は読めない漢字もあるにはあったが、だいたい読みとれた。

〈筆者がこれは《本物》ではないかと思っているのは大比丘尼先生。六十年以上前から存在し、店を構えてはおらず、どこに現れるかわからない。世界でも三本の指に入るという強大な霊能力を持ち、大臣や有名ミュージシャンも極秘で彼女のもとを訪れる。ＴＶなどのメディアに顔をだすことはないので一般の知名度はほとんどないが、ベルリンの壁の崩壊も、ソビエト連邦の崩壊も予言しており、恐ろしいほどにいろんなことを言い当てるという。不定期で占いを行なっているが、代理人を通さないと受付ができず、取材関連は拒否するという――〉

記事はまだ続いていたが、老婆が部屋にきたので週刊誌を棚に戻した。

4

「天使よ、若いんだから、恋はしないのかね」

老婆は自宅で猫を撫でながらアキにいった。

アキは床に座ってぼんやりと絵本を開いていた。

「恋だよ」

アキは首を捻った。誰とするのだ？　猫と？

「デートだとか、したくはないかな」

アキは頷いた。デートはデザートと語感が似ているな、と思った。

「使命を与える」

そのとき老婆が与えた使命は、川沿いの公園の楠《くす》の木の下で待ち、現れた男の言うとおりにせよ、というものだった。男がいいというまで帰ってはならぬ。

五月の午後であった。

アキは、爪を切り、歯をよく磨いてから出立し、とても心細い思いで樹下に立った。

服装はサーフブランドのパーカーに、カーゴパンツという格好だった。全て買ってもらったばかりの服である。できるなら、老婆の後ろに立ったときの衣装――黒いスーツが良かったが、老婆はティーピーオーなる言葉を口にした。

やがて男の子がやってきた。

「おっす」

男の子は、十代後半――高校生、もしくはその少し上だろうと思われた。黒いジーンズに目《め》眩《まい》がするような柄のシャツを着ていた。

「君が、約束の人？」

アキは頷いた。相手を見上げる。特別に背が高い男性ではないが、アキとは身長差がある。

「話せないってほんと？」

アキは頷いた。この若い男の子にそういわれると、これまで一人のときはもちろん老婆といたときにもなかった小さな痛みをおぼえた。

「そっか。大変だな。えっと、俺は、ゴテンバセンセイの知人の子供です。ってか、親が大比丘尼信者なんで。今日一日、ゴテンバセンセイが預かっている子の面倒みてくれって頼まれた、みたいな話だったんだけど」

アキは頷いた。ゴテンバセンセイというのは老婆のことであろう。

「ってかなんで俺が？　と思ったよ」

男――というか男の子、は、なんだかよくわかんないことになっているんだよね、という困惑の態《てい》で、それはアキもまた同じだった。だがアキにとってこれは〈使命〉だった。

「どうしよっか。遊園地に行けっていうんだよね、連れてってやれみたいな風にいわれてて」

男の子は探るような目でアキを見た。

――遊園地。

「俺はまあ、遊園地って……どうよ？　う〜ん、ちょっとガキっぽいというか、なんかほら、混雑嫌いだし、ヌイグルミっぽいファンシーな雰囲気とか苦手なんだよね。

でも、行く？」

アキは答えに詰まった。行く？　とこちらに振られても困る。あなたが苦手なら行かないほうがいいのでは？　私だってそんなにガキってわけじゃないし。

「ま、いいや。行くか。しょうがねえな」

男の子はアキが何か意思表示をするよりはやく、仕方なさそうにいった。

「俺はヒカルっていうんだ、まあ名前なんて忘れていいよ。君は、なんだっけ、まあいいや」

アキは微《かす》かに不機嫌になったが、男の子と同じく、まあいいや、と思って頷いた。

二人で川沿いの土手の上を歩いた。ヒカルと名乗った男の子は歩きながらいろいろきいてくる。学校はどこ？　寒くない？

「わかってきた。君って、イエス、ノーでなら答えることできるんだね、じゃあいろいろきくわ。俺ずっと知りたかったんだけど、ゴテンバさんってか、大比丘尼様の霊能ってマジなのあれ」

アキは頷いた。恩義のある老婆だ。イエスと答えておいたほうがいいだろう。

「マジか。一緒に暮している奴《やつ》がいうならそうなんだろうな。君は中学生？」

アキは首を横に振った。もうなっているのかもしれないがよくわからない。

「ゴテンバセンセイさ、ノストラダムスの予言、本当にくるっていっている？　九九年の。もうすぐじゃん」

　イエス、ノーだけではない。わかりませんの返答もある。その場合は、首を傾《かし》げる。それはわかりません。

「俺、最近夜眠れなくなること多いんだよね。自分が死ぬこととか考えちゃって。年取ること考えるのも怖い。この気持ちわかる？」

　これは質問か。わからなくもない。小さく頷く。

「ま、いっか」ヒカルはいった。川沿いの土手をおりてバスに乗る。

　バスの座席で隣り合って座る。身体《からだ》が薄く触れあう。

「そのリュック何入ってんの、見ていい？」

　リュックを渡す。ヒカルはファスナーを開く。

「ウワ、水筒入ってるし。遠足だ～ウケる」

　アキは頬を紅潮させた。男の子のもってきた鞄《かばん》を指した。じゃああなたは何を持ってきているの？　とききたかった。男の子は中からＭＤウォークマンをとりだすと、ＭＤをいれた。

「きく？」

答える前にイヤフォンを渡してくる。アキは耳につけてみる。アキには形容しきれない、なんとも刺激のある音が流れてくる。五分ほど音楽をきいていた。

イヤフォンから漏れている音でわかるのか「この曲よりこっちがいい」などといってヒカルは操作をして曲をとばしたりする。

遊園地に到着するまで、そこがどういうところかアキはあまりイメージしていなかった。

事前に前売りのチケットを買っているようで、アキとヒカルはスムーズに入場した。

「順番にいくけど、俺はまわる系ダメだから。酔うんだよ。そういうの乗りたい場合、待ってるわ」

まわる系が何かわからなかったが、アキは、そうだね、とわかった顔をして頷いた。

「でもジェットコースターは大丈夫。今日は平日だからけっこうすいてる」

二人でジェットコースターに乗った。一番上までいって急降下がはじまったとき、この機械は何かが故障して自分は死ぬのだ、と思ったが、何事もなく乗り場に戻ってきたところで、ようやくスリルを楽しむものなのだ、と悟った。膝《ひざ》小僧がかたかたと震えた。

「そこまで怖かったのか」とヒカルは呆然《ぼうぜん》といった。「もういっかい乗る？」ときかれたので慌ててアキは首を横に振った。

ヒカルが遊園地を子供っぽいといっていたので、滑り台にボールプールのあるような幼児向け施設を想像していたが、ここはそれほど子供っぽいわけでもないのでは？と思った。

精一杯のお洒落《しゃれ》をしている中学生らしき女の子四人組とすれ違ったとき、声がきこえてきた。

——今の子、女の子かな？

失礼な！　とは思わなかった。アキは自分の性別が女だとはっきり自覚していたが、意図的に女の子に見えないように——つまり男の子に見られるようにしてきた。流浪《るろう》が始まった頃、忍びこんだ家で髪を短く切った。男装の理由は安全面の配慮だった。流浪子供が流浪することは性別関係なしに危険だが、それでも男の子に見られるほうがいくらかマシだと考えた。またスカートよりも長ズボンのほうが塀を登ったり汚れたりするのに適していた。もともとあまり女の子らしさを主張することにこだわりがなかった。

すれ違った少女たちの会話がきこえたのか、ヒカルが思い出したようにきいた。

「男の子だよな？」

アキは頷いた。違うけれどそれでよかった。

フードコート近くの広場で、アキはアイスを買ってもらった。ヒカルは「ちょっと待ってて」といって携帯電話をだすと、誰かと通話をはじめる。

どうも相手は学校か何かの友人らしい。

ヒカルは椅子に座った。

漂ってくるキャラメルポップコーンの匂いに鼻孔をくすぐられながら、ぼんやり空を眺めた。

別の男女が隣席で話している。夜になるとこの遊園地はイルミネーションが綺麗《きれい》だという。そういえばイルミネーションに輝く園内のポスターがチケット売り場のそばに貼ってあった。

日が傾き、微かに肌寒くなった。ヒカルが手を伸ばして、アキの頬をつんつん、とつついた。

「お待たせ〜じゃ、帰るか」

ヒカルが電話を仕舞いながらいった。

家に帰ると老婆が待っていた。

「楽しかったかい？」

アキは強く頷いた。

老婆は紅茶をだした。

「若者のデートを詮索するほど野暮な婆じゃないよ。詮索はしない」

アキは数日の間、ヒカルのことを考えていた。ヒカルと一緒にまたデートすることを想像した。

鏡を眺めてヒカルが悪戯《いたずら》っぽくつついたところには何かあるのか確認した。左頬には、小さなほくろがある他には何もなかった。

自分の体を流れる血液が、新しくなったような、むずむずする感じがあった。だが、アキは老婆にヒカルにもう一度会いたいと頼まなかった。

アキは部屋で一人のときに小さな掠《かす》れた声で「ひ」「か」「る」といってみた。

5

梅雨であった。

ある午後、昼寝をしている老婆がひどくうなされていたので、アキは老婆の体に優しく手を置いた。

窓の外でしとしとと雨が降っていた。

老婆は目を開いた。

そして、しばらくじっとしていたが、ふとアキを見て「リョウコ」といった。

アキはリコウコが誰かわからなかったが、老婆が誰か近しい人の名を呼んだのだということはわかった。

老婆はしばらく何かを思い出すようにぼんやりとしてからいった。

「大きな使命がある」

アキは喜びかけたが、老婆があまりにも深刻な顔をしているので、笑みはすぐに引いた。

「天使よ。あんたには不思議な力がある。この世には、私が近づけない場所がある。そこにいってあるものをとってきて欲しい」

老婆は黙ってお茶を入れた。自分のものと、アキのぶんを注いだ。

「私はずっと昔にそれを封印し、封印したことを忘れた。だが、それの存在は、ずっと私に影響を及ぼし続けた。私は身体が畏《おそ》れて、もうその土地にはいけない。他人に頼むしかない」

十六のときだったんだ。

私は炭鉱の近くの町の飲食店の娘だった。当時はまだ石炭需要があったからそこら中に炭鉱があった。稼ぎにきていた若者と仲良くなって、その男の子供を身ごもった。けれども、その若者は事故で死んでしまった。

私は未婚のまま、父親のいない子を出産した。名はリョウコとつけた。そして、育てはじめた。とてもかわいい娘だった。天使のようだった。小さなことで、きゃっきゃっと笑った。でもその子は死んでしまった。

私はひどく哀しみ、自分も死のうと思った。とりあえず、リョウコを箱にいれて、当時暮らしていたボロ家から少し離れた山の岩穴に安置した。

真夜中に蠟燭《ろうそく》をもってね、運び込んだ。

それから私はそこの森で首を括《くく》ろうと縄をだした。

その頃の私は悲観的で、疲れ果て、未来に希望をもつことができず、力がなかった。でもぎりぎりのところで、私は死ねなかった。

どうにもならなくなったところで、占い師に出会い、生きろといわれた。それから私は流れ歩きはじめた。貧しかったんで、金には貪欲だった。縁があって、自分より三十五歳年上の男と結婚した。三十五歳じゃないよ。三十五歳年上、だよ。子供はできなかった。その最初の夫は私が二十七歳のとき、六十いくつかで死んだ。

遺産を引き継ぎ、それからもう一度だけ結婚した。二番目の夫もずいぶん年上だった。その人はこの家を私に遺《のこ》した。私が四十のときに七十五だか六だかで死んだ。やはり子供はできなかった。それからいろいろあって私は全国を巡り、占い師になった。

時折夢を見る。

あの子はまだ岩穴の中にいる。

寂しくないはずがない。私を呼んでいる。

夫が死んでから、何度かあそこに行こうとした。

でももう駄目だった。近くのバス停に降りたとたん、私の足は竦《すく》んでしまう。全身に汗が滲《にじ》んで、呼吸が苦しくなって、もう一歩も進めなかった。なにかの力が私を阻《はば》んでいるようだった。

許して欲しい。いつかあなたのもとに行く。私は思った。

どうせ悪事にまみれた私なんざどこかで野垂れ死ぬ。私なんか誰かに刺されて死ぬ。

顧みられずこの世界の暗がりで消滅する。長くはないだろう。そうしたらきっと会える。リョウコに会える。

それまでの間だ。いつかきっと。

そう思っていた。ところがどっこい、私はいつまでも死ななかった。

自分の年齢は数えていないが、たぶん私は八十歳ぐらいだ。あの子はもう六十年もあそこにいる。そしてあそこで泣いている。夢を通して伝えてくる。

天使よ。この婆の一生の頼みだ。あなたならあそこに近づける。あの子をここまで連れてきておくれ。

6

ただの使命ではない。大使命であった。

アキは旅立ちの準備をはじめた。

老婆は宿の手配から新幹線のチケットの準備まで全てお膳立《ぜんだ》てをしてくれた。駅員に見せるメモも事前に作った。目的地までの案内図ももらった。骨をいれるための大きなスポーツバッグも持った。

七月の晴れた日、東京駅まで老婆がアキを送ってくれた。

アキは新幹線に乗った。老婆からもらった財布の中には十万円が入っている。

都市が遠ざかり、田園風景が流れていった。

昼近くになると、新幹線の車内は飲食の匂いで充《み》ちた。アキもおもむろに笹《ささ》寿司をだして食べた。食べ終わると後は窓の外の景色を見ていた。

がらんとした地方都市の駅で新幹線を降りた。

駅のバスロータリーは静まっていて人気がなかった。周囲を山に囲まれていた。

事前に老婆が電話で予約をとっているホテルに入った。

宿につくと、スムーズに部屋に案内してくれた。もちろんホテル側は、アキがここに泊まることは保護者の承諾があってのことだと考えているようだった。

案内された部屋は一人ではとても広く感じた。ベッドも大きかった。

一人で部屋の毛布に包《くる》まると、アキは老婆が恋しくなった。

翌日の早朝、アキはチェックアウトすると今度はバスに乗り、一時間半揺られた。

バスにはアキを含めて三人しか乗っていなかった。見えるものは水田と雑木林だけであった。バスを降りてからはひたすらに歩いた。

廃道に入って素掘りのトンネルを抜けると二階建ての廃墟《はいきょ》と化した建物が見えてきた。この廃墟は老婆によると元役場だという。建物はスプレーで落書きされていた。

廃墟の脇《わき》の小道を進んだ、樹木に覆われた荒れ地が目的地であった。

不法投棄は犯罪です。監視カメラ監視中という看板がたっていた。

アキは荒れ地に入っていった。

正午近くだった。足下から飛蝗《ばった》がはねた。揚羽蝶《あげはちょう》がひらひらと舞っていた。

古いタイヤが積まれていた。外装がぐちゃぐちゃに割れたスクーターが三台ほど転がっていた。

その奥に岩壁があった。

岩壁にぽっかりと穴が開いていた。長方形の入り口で、おそらくは人工のものであった。いつの時代に掘られたものかはわからない。防空壕《ごう》か、あるいは古代の横穴墓か。入り口はアキの背丈より低かった。アキは身をかがめて洞窟《どうくつ》に足を踏み入れた。

穴の床はぬかるんでおり、泥が靴の裏にべったりとついた。

中は真っ暗闇《くらやみ》でひんやりとしていた。

アキはヘッドランプをつけた。十メートル以上の奥行きがあった。一番奥へ行くと桐の箱がおかれていた。大きな箱で軽くはなかったが、持てないほどの重さでもなかった。

アキは埃《ほこり》の積もった箱を引っ張って洞窟をでた。

靴も服もあちこちが汚れていた。蚊や小蝿が多く、耳のまわりを飛んだ。見ると、腕に湿疹《しっしん》ができていた。

しかしここまでたどりつければ、後は持って帰るだけである。だが、箱に入ったままでは大きすぎて運べない。

板はもろくなっていた。

アキは箱に体重をかけ、板を壊した。

中から何かがでてくる。

リョウコちゃんの骨、が入っていると予測していた。老婆の言では葬《ほうむ》られてから六十年である。だがそこに入っていたのは所謂《いわゆる》〈骨〉とはまた別のもので、アキには言葉で表現できなかった。

小さな子供の遺体であることは間違いない。それは骨にはなっていなかった。肌は青みがかった灰色だった。目は瞑り、髪の毛は残っていた。皮膚の上に半透明のゼリー状の皮膜ができていた。

ビニールに何重にも包まれ、空気を遮断した真空パックのような状態で入っていた。

ビニール袋に密閉されたこと。冬には雪が積もり、春がくるのも遅く氷結が続く土地であること。おそらく最初に冷凍され、その後、そこは天然の氷室《ひむろ》となり、夏になっても低温の洞窟だったこと。そうした要因が重なり、骨にならずに木乃伊《ミイラ》化したのであろうか。それらで木乃伊化の説明がつかぬというのなら、何か超自然の働きがあったのかもしれないとアキは思った。

とにかく——その遺体は小さく、五歳か六歳か、あるいは七歳ぐらいの女の子であることがわかる状態であった。

雲間から光が差し、太陽の光が〈リョウコちゃん〉を照らした。

アキは十数秒、リョウコちゃんを見ていた。それから指でつんつん、と突いた。そして空を見上げた。リョウコちゃんにとっては六十年ぶりの太陽であった。

ビニールにパックされたリョウコちゃんをスポーツバッグにいれた。

やたらに重いスポーツバッグを持ってその荒れ地を出た。

アキは黙って遠くに聳《そび》え立つ山を眺めながら田園風景を歩いた。

スポーツバッグは重かったから少しずつ進んだ。

全身に汗をかいた。

空にまっすぐな雲の筋が延びていく。

飛行機雲だった。西日を反射して飛行機雲は黄金色に輝いていた。遥かな高みはさぞや爽快《そうかい》だろうと思った。

田園風景の中に立つバス停にたどりつくと、ベンチに腰掛けた。

一人だった。いや、リョウコちゃんもいれば二人だった。

バス停の時刻表によれば、バスは一日三本だった。

次のバスは明日だった。

ちょっとやそっとのことで諦《あきら》めるつもりはさらさらなかった。これは「使命」であり挑戦すべきことだった。やり遂げれば、自分が強くなれるような気がした。

アキはスポーツバッグを地面に置くと、バス停の周囲を歩いた。お地蔵様と電話ボックスがあった。

暗くなってから、バス停のベンチに腰掛けた。もう夏だ。少し寒くても死にはしないと思った。夜になると星がたくさん見えた。

ふとバッグから声が聞こえた。

——ママ？

違うよ。とアキは心の中で返した。

——誰？

君のママに頼まれて、君を探しにきたんだ。

——どうして？

それはいった。

どうも、アキが言葉を発さずとも、心の中で返答すれば、会話が成立するようだった。

——君のママは君と一緒にいたいんだ。私は、君のママのところでお世話になっているもので。

——私のこと、怖くないんだね。

それは少し嬉《うれ》しそうにいうと沈黙した。ふっと電源が切れるように気配が消えた。

怖くないさ。アキはいった。

アキは自分の死んだ両親と妹のことを思い出した。地震は早朝に起こった。家屋が倒壊し、救出されるまで暗闇のなかにいた。

倒壊直後は少なくとも父は生きていた。闇のなかでずっと励ます声が聞こえていたからだ。——大丈夫や、楽に、楽にしていな。

救出されたとき、当然、家族はまだ生きていると思っていた。すぐに担架に乗せられ何も告げられぬまま、避難所の脇にあったビニールテントの救護室に運び込まれた。市内で火災が起きていてすごい混乱になっているとか、ベッドが足りないとか、自衛隊がどうこうといった話が漏れ聞こえていた。

家族と再会できぬまま、あちこちたらい回しにされた。避難所となった小学校の体育館は足の踏み場もないほど布団が敷かれていて、人が密集し、会話や、誰かの泣き声で騒然としていた。避難所のスペースは被災者を収容しきれず、道を歩けば公園やグラウンドにテントがはられていて、車中泊をしている人もたくさんいた。どこも停電と断水状態にあり、混乱が続いていた。

避難所にアキを迎えにやってきたのはミズエおばさん、という父の妹にあたる女性であった。避難所にアキの小学校の先生がいて、家がつぶれたことをきくと、あちこちに電話して引き取れる親戚《しんせき》を探してくれたのだった。アキにとってミズエおばさんはそれほど親しい親戚ではなく、前年に祖母の葬式で会ったぐらいで、言葉をかわしたこともほとんどない三十代の女性だった。祖父も死去していたし、母方の祖父母は南米にいて疎遠《そえん》になっていた。父、母、どちらも、それぞれの一族との親戚づきあいは少なかったので、自分を引き取れるのはミズエおばさんしかいなかったのだと思った。

「ここまでは車で入られへんかった。歩くしかないで。二時間くらいやな」

ミズエおばさんはいった。

道路は歪んでいたり、瓦礫《がれき》で埋まっていたりした。ほとんどの道が通行止めであった。電柱が倒れていた。ぐちゃぐちゃに潰《つぶ》れた家や崩れたブロック塀がそのままになっていた。

「よう生きとったなあ。めちゃめちゃや、高速道路コケてたやろ、見た？　コケるか普通。ありえへんわ」

歩きながら、ミズエおばさんはいった。

「おばちゃんな、看護師やねん、病院の。今、忙しいてな、あんまりちゃんと面倒みてあげられへんかもしれんで。生活もカツカツやねん。悪いけど、期待せんといてな。アキちゃんがこないしてちゃんと助かってるくらいやから、同じ家で暮らしとった家族も、助かってると思うで、たぶん。病院がいっぱいで別の病院かなんかに移されただけなんちゃうかな」

ミズエおばさんは、大阪府に住んでいた。彼女が住居にしているアパートに到着したのは夜であった。静かな町はずれの木造二階建てだった。

部屋に入ると、畳の上に、男がねそべっていた。眼鏡をかけた色白の二十代後半ぐらいに見える男だった。「このおっちゃんは、クロちゃん」ミズエおばさんは男をアキに紹介した。アキは「こんばんは、おじゃまします」と頭を下げた。クロちゃんと呼ばれた男はアキを一瞥《いちべつ》した。そして挨拶《あいさつ》を返すことはなく、少し居心地悪そうに「ミズエ、ビール買《こ》うてきてくれた？」といった。「ああ、そういう話もあったなぁ」とミズエおばさんがいうと、クロちゃんは不快気に舌打ちし、「何遍ゆうたら覚えんねん、頭わるー」とぶつぶつ呟いた。後に知るが、頭わるー、はクロちゃんの口癖だった。

「お風呂《ふろ》、久しぶりやろ、入っといで」といわれ、アパートの風呂に入った。風呂は震災以来だった。被災地は断水しており飲料水もトイレの水も被災者を悩ませていたが、アパートまでくるとライフラインは概《おおむ》ね回復していた。風呂からでると、クロちゃんはもういなくなっていた。

「さっきの人は」ときくと、「友だちや」とミズエおばさんは答えた。「今日はもう帰ってもらったから」

ずっと昔、何かの折に、ミズエおばさんは結婚に二度失敗しているときいていたが、男の人にはもてるのだな、と漠然と思った。自分がきたのは邪魔だったろうと心苦しくなった。

翌日、ミズエおばさんは車に乗って病院に仕事に行った。午後になると、ドアがガチャガチャと鳴る音がして、昨日「クロちゃん」と紹介された男が部屋に入ってきた。「こんにちは」と挨拶したアキを無視してちゃぶ台の前に座り、不機嫌そうな顔でテレビをつけた。それからアキに目を向けると、「お前なぁ、人の家で世話になっとるんやから、毎日、雑巾がけくらいせえや」といった。アキは慌てて部屋を見回したが雑巾が見当たらず、「雑巾はどこですか」と思わずきいた。クロちゃんは舌打ちし「もうええ、どっか行ってこい」といった。部屋の空気は重く、アキは黙って外にでた。

クロちゃんは無職なのか、どこに住んでいるのか、そうしたことはわからなかったし、興味もなかった。その後わかったことだが、クロちゃんは来る日もあれば来ない日もあり、来るときはたいがい午後にスクーターに乗ってやってきた。テレビを見て芸能人の悪口をいったり、ゲームをしたりしていたが、アキと打ち解けることは全くなかった。

アキは、ミズエおばさんがいないときにクロちゃんがきたら、できる限り入れ替わりに外にでるようになった。細い路地を歩いてみたり、国道沿いの大型古書店で立ち読みしたりして、ミズエおばさんが仕事から帰ってくる夕方まで時間を潰した。

居候《いそうろう》の七日目だった。夕方家に帰ってくると、ミズエおばさんが先に戻ってきていた。

「おかえり、アキちゃん。帰ってきたとこでごめんやけど、五百円あげるから、ちょっと長めに外に出ててくれへん？　今からクロちゃん来んねんけど、ちょっと機嫌悪いねん」といった。

ミズエおばさんの顔には、どこか照れたような、ふざけているような不思議な笑みが貼りついていたが、目には苛立《いらだ》ちのようなものが浮かんでいた。機嫌が悪い日？機嫌が悪いクロちゃんがくる？

「スーパーでも行ってきたら？　おにぎりとか、たこ焼きでも、何か適当に買《こ》うて、どっかで食べてきてくれる？　お夕飯な。あ、それと、牛乳買うてきて」

「わかりました」

アキは頷いて再び外にでた。足に疲労があったが仕方がない。一月は日没もはやく、あたりは真っ暗闇で冷え切っていた。

スーパーは二キロ先にあった。ゆっくり歩き、たどりつくと牛乳を買い、ついでに売れ残りで半額になっていたお弁当を買った。人気のない駐車場の片隅でそそくさと食べた。コンビニに立ち寄り、雑誌を立ち読みした。

外にでると雨が降ってきた。そこで少し歪んで傾いている家が目に入った。人が住んでいる気配はない。家の前に車も自転車も植木鉢もない。どうも震災で地面が歪んで少しだけ傾いてしまったがために、売れなくなった新築物件のようで、なぜか縁側の窓が開いていた。しめたとばかりに雨宿りをすることにした。傾きさえしていなければ高値で売れていたのだろう。なかは清潔であった。からっぽの部屋で膝を抱えて座って静かに雨音をきいていると、自分の家族に早く会いたくて会いたくてたまらなくなった。

翌日も、更に翌々日も、アキは夕方から部屋を追い出されるようになった。その理由はよくわからないのだが、ちょっと出かけてくれないか、の後に「あんたの顔見てるとなんかムカつくねん」とミズエおばさんが付け加えたことがあった。冗談ではなく、本音が漏れたというかんじだった。

また別の日、同じように夕方近くに外出を命じられ、公園やコンビニを巡りながら二時間ほど潰して戻ると、部屋から狂気に満ちた金切り声が轟《とどろ》いていた。ミズエおばさんの声だった。くぐもった男の声がそれに応じている。アキはアパートの駐車場でしばらく様子をみた。三十分ほどしてクロちゃんが部屋からでてくるのが見えた。スクーターに乗って去っていく。

部屋に戻ると、ビールの空き缶がたくさん転がっていて、ミズエおばさんがぼんやりした顔でテレビを見ていた。「あー、おかえり」何事もなかったかのようにミズエおばさんはいった。

喧嘩の理由がなんだったのかはわからないが、ミズエおばさんは、周期的に暴れる時間がやってくる人ではないか、と思った。確かに日常の会話でも感情の沸点の低さを感じることが多かった。追い出されたクロちゃんは二日後には何もなかったかのようにまた合鍵でドアを開けて部屋にきた。

家族が死んだと報《しら》されたのは、地震の日から二週間ほどが過ぎてからだった。倒壊家屋の下で息絶えていたのが引き出され、連絡を受けたミズエおばさんが確認したようで、アキは結局遺体を見ることはなかった。ただ三人の死をきかされて涙がぼろぼろとでた。

家族の死を知った翌日の午前中、ミズエおばさんは外出し、アキが一人で薄暗い部屋の片隅で膝を抱えて涙を流していると、クロちゃんがきた。慌てて、いつものように外出しようとしたが、なぜか部屋にいるようにいわれた。「聞いたで、アキちゃん。

辛いなあ、かわいそうになあ」クロちゃんはにじりよってきた。息は酒臭かった。クロちゃんは背後からアキを抱きすくめ、頭をなでた。そして服の上から体を触ってきた。

「興味ないんやけどな、全然ないんやけど、しゃーないな。こないなってもうたら、しゃーないなぁ。興味は全然ないんやけどな」意味不明のことをぼそぼそという。

「世話賃ゆうんか、がっぽりせびれるとこやったのに、払うヤツおらへんようになってもうたらしゃーないわな」

服のなかに手が入ってきた。

生理的嫌悪《けんお》感《かん》というか、生存本能的恐怖感というものが体に満ち、悲鳴をあげて体をよじってクロちゃんの手から抜け出ると、壁に向かって走った。クロちゃんは「別にええけどな」といって立ち上がると、帰っていった。

ミズエおばさんは夕方戻ってきたが、今日あったことをいうかいわぬか悩んだ。結局何もいえなかった。いえばむしろ自分が責められる気がした。「世話賃」の意味は理解していた。ミズエおばさんは、もし自分の両親が生きていたら「子供を預かって面倒をみてあげたお金」をクロちゃん的にいえば「がっぽり」請求する手はずだったのだろう。そして二人で贅沢《ぜいたく》でもしたかったのだろう。

その翌日、ミズエおばさんは仕事が休みで家にいた。ミズエおばさんはなぜか唐突に怒り始め、アキの頬を叩いて金切り声をだした。「なんで私がおまえの面倒みなあかんねん！　おまえなんか死んだらよかったんや。甘えてばっかりで何の役にも立たへん。おまえがどんだけ邪魔かわからんか！」ミズエおばさんは、床に転がったアキの頭を踏みつけた。まさに鬼女の様相だった。「死ね！」

ミズエおばさんの激怒は何が原因なのだろう。アキは思う。世話賃が手に入らなくて激怒しているのか、クロちゃんが何かいったのか、それに絡《から》んだ感情か、いや、そもそもこの人は兄と仲が悪く、兄の娘、など大嫌いなのだ。とにかく、彼女の激怒の原因は「自分がここにいること」に間違いなかった。自分はここにいてはいけないのだ。

そしてアキは荒れ狂うミズエおばさんに殴る蹴《け》るの暴行をされた後、アパートを飛び出し——もう戻らなかった。

児童相談所はアキの知識になかった。ただ、もしかしたらミズエおばさんは嘘《うそ》をいっていて自分の家族が生きているかもしれないといった空想をほんの少しした。どこでもいいからものすごく遠くに行きたかった。

流浪がはじまった。すぐに声が出なくなっていることに気が付いたが、もうどうにもできなかった。

夜明け前が一番気温が下がる。

アキはうずくまった姿勢から身体を起こした。

彼方の山並が薄桃色に染まっていた。足下のスポーツバッグがいった。

——私、ママに殺された。

アキは苦しくなった。老婆の語った台詞《せりふ》は、〈子供が死んだので自分も死のうとした〉であったが、無理心中である可能性は想像できたし、六十年前の真相を、死せる張本人が〈殺された〉というならそうなのだろうと思った。老婆はアキにはいつもとても優しいのに。

——ママはどこにいるの。

アキは考えた。あの町の白い家でママは待っている。いや、もうリョウコちゃんのママはどこにもいない。かつてママだった人物がいるだけなのかもしれない。

——連れていく。だから待っていて。

スポーツバッグの中からまた声がした。

——優しいんだね。

――もうすぐ夜が明けるよ。君が生きていれば友達になれたと思う。

――死んでいたらなれないの？

声は不思議そうに問いかけたので、アキは少し考えていった。

――死んでいても、なれる。

横を見ると、真っ黒な影のような子供が立っていた。

それはシルエットというより、一種の〈存在感〉のようなものだった。

リョウコちゃん。死んでいても友達になれる。あなたは存在して、今もそこにいて、そして私と旅をしている。

アキは声をかけた。返事はなかった。

目を凝らすとそれはただの影だった。

また時間が流れ、やがてバスがきた。運転手はアキが重そうにしているとバッグを車内に運び上げてくれた。

新幹線の車内で、アキは木乃伊の入ったバッグを足下に置いた。

帰りの新幹線にも無事乗れた。ここまでくれば後は難しい部分はもうない。

隣を見ると、空いていた座席に、若い女の子が座っていた。

女の子は白いブラウスを着ていた。一体いつの流行かと思われる〈よそ行きの少女〉の姿をしていたが、顔がなかった。

――リョウコちゃん。お顔がないよ。

すっとリョウコちゃんの顔に目鼻ができた。美人だった。

リョウコちゃんはふふっと笑った。

アキも微笑《ほほえ》んだ。リョウコちゃん風の冗談だったのだ。

――リョウコちゃんは何歳？

――ずっと時間がとまっていたからわからない。

リョウコちゃんの年齢は、死んでからの時間も年齢に含めるのだろうか。たぶんこういう場合は、死んだときの年齢で考えるのか。わからない。

――あのさ、お母さんのところに帰るんだよ？　イヤじゃない？

事によればリョウコちゃんが、老婆のもとには行きたがっていないということもありえる。自分を殺した人間に会いたいと思うだろうか？　その場合、どこか彼女の望む場所に骨を埋葬し、老婆には何も見つからなかったと嘘をつくこともできなくはない。

——うん。

リョウコちゃんはいった。

——時間が流れているね。

どういう意味？　と思ってからアキは考えた。そうだ。かつての若き母は老婆となり、こうしている間にも、全てはひとところに留まることなく流れていく。

新幹線を降り、東京駅の雑踏を歩く。

老婆の住む駅まではいくつか乗り換えれば到着する。

新幹線の車内で現れたリョウコちゃんは姿を消したが、無言のうちに自分の後ろをついてきているようだった。気配が生じ、もの珍しそうに周囲を見ているのが伝わった。

午後三時半であった。

アキは老婆の家には戻らずに、ケンちゃんの家の敷地に入った。

ケンちゃんは、ぎょっとした顔でアキを見た。

「バアちゃんは？」

アキは首を横に振った。これからとても困難な説明をしなくてはならない。できるだろうか。

アキはスポーツバッグから木乃伊をだすと、ケンちゃんに見せた。

「む」ケンちゃんは呻いた。数十秒の沈黙の後、「どこで見つけた」と低い声できいた。

ケンちゃんに事情を伝えるには、身振り手振りや筆談などを使い、一時間近くがかかった。木乃伊は老婆から頼まれたものであること（これは伝わった）。新幹線に乗って探しにいったこと（これも伝わった）。リョウコちゃんという名前であること（筆談で伝わった）。老婆の娘であること（伝わった）。無事持って帰ってきたが、どうもすぐに老婆に引き渡すのに抵抗があること。

「なんで俺のところにきた」

ケンちゃんはきいた。

アキは首を傾げた。

言葉にできなかったが、ケンちゃんは、老婆の友人であり、なんらかの判断ができる——その判断を知りたいからであった。もしもケンちゃんがこれは警察に連絡だよと、通報するならばそれに従おうと思ったし、家に持って帰ってバアちゃんに渡せといったら、そうしようと思った。もちろん理解しがたい案なら受け入れるつもりはなかった。

「俺がそのリョウコちゃんを、綺麗にすればいいんだな?」

ケンちゃんは鋭い目でいった。

そうなのか? 特にそんなことを考えてきたわけではないが、できるのなら綺麗にして欲しい、と思った。

老婆からもらった金の残りを財布ごと渡した。

「ふん」ケンちゃんは財布を開いた。一万円札が七枚に千円札が六枚入っている。万札を全て抜き取ると、一万円札一枚と、千円札は残して財布を返した。六万円でやってくれるようだ。そして眼鏡の奥の目を光らせていった。「はっ! じゃあやるぞ、引き受けたぞ。俺もプロだ。やったるぞ、バアちゃんのために、最高のもんにする」

ケンちゃんが作業をはじめるとアキは、トタン屋根の下のぼろぼろに破けたソファに腰掛けた。

うとうとと、意識が浮いたり沈んだりする。

長旅だった。疲れがたまっていた。アキはソファで眠り込んでしまった。

夜だった。

風が頬を撫で、身体を起こすと、少女がいた。

年の頃はアキと同じぐらい。健康そうで、美しく、生気に満ちていて、髪は長い。

見知らぬ――いや――新幹線の中で見たリョウコちゃんだった。

「遊びにいこうよ」

「うん！」

アキは少女と二人で川の土手にあがると歩きだした。

「面白いところあるよ」

アキは得意げにいった。

「イルミネーションが超綺麗なんだって！」

「じゃあそこ行こ」

「前に昼間に、行ったことあるんだよね、高校生の人と」

「え、〈高校生の人〉って何よ。まさか男子？」

「ん～、まあいちおうそうだけど」

「彼氏？」

「違うよ」

そんなのいるはずないじゃん。と思いながら、一瞬、胸の底が少し切なくなった。

バスに乗った。乗客は自分たち二人しかいなかった。バスを下りてケーブルカーで丘陵の遊園地に入る。町の夜景が見えた。

リョウコちゃんは時折半透明になる。

遊園地に入ると、何もかもが電飾で輝いていた。

赤、青、緑、白、銀、金。きらきらとした輝き。

音楽が鳴っている。ヴァイオリンとピアノと打楽器。

ピカピカと光る電飾の馬車が道を進んでいく。牽《ひ》いているのは本物の白馬で、御者はヴェネツィアのカーニバルで使うような仮面を被っていた。

リョウコちゃんは、アキの手を握った。

アキは握り返した。

いつだって今という瞬間しかないんだ。アキは思った。リョウコちゃんとも永遠に一緒に遊べるわけではない。人は人と、瞬間だけ一緒にいられる。

「行こう」

光と影の織りなす小道を進み、たくさんの美しいもの、面白いものを見るのだ。

アキとリョウコちゃんはとりとめもない話をずっとした。

でも、何を話したのか、ほとんど記憶できなかった。断片的におぼえているのは、リョウコちゃんが「よく私を見つけたよねえ」と感慨深く何度も繰り返したこと。そしてすごく楽しくて特別に清涼な気持ちになったこと。

「こんな風に喋るの、超久しぶりなんだ！」

アキはいった。

「リョウコちゃんと別れたら、また喋れなくなりそうだけど」

「大丈夫だよ。喋れるよ」リョウコちゃんはいった。「アキなら余裕じゃん、そんなの」

広場で見上げると、ライトアップされた観覧車がぴかぴかと光った。

夜の風が吹いていて、アメリカンドッグの匂いが微かにした。ここにいる人々は、みなお洒落な大人たちで、そんな場所に子供たちだけで来ているなんて！　私たち凄いんだよ、と背伸びした優越感のようなものがあった。

それから、リョウコちゃんは、私は空を飛べるといった。

「観覧車の上まで飛んで、町から町へと飛んでみる」

「私も飛べる？」アキはいうと、リョウコちゃんは笑っていった。

「それは……いいんだよ、アキは、生きている！　だから、いつかまたね」

「待って」アキは去りかけたリョウコちゃんを呼び止めた。

リョウコちゃんが空を飛んでいってしまう。

「私さ、すごい地震で、お父さんと、お母さんと、小学三年生の妹を亡《な》くしたの。すごく会いたくて」

リョウコちゃんは黙って頷いた。

「もしも、死後の世界みたいなものがあるなら、そこでもしも私の家族に会ったら伝えて。私は、ずっと」

アキはいいかけたが言葉が続かず、黙った。ずっと……？　ずっと探している。確かにそうだ。この二年、もう存在していない家族が、どこかにいるのではないかとずっと探していたのではないか。旅に理由があるとすれば、そういうものだった。だが、見つからない。私は、リョウコちゃんを見つけることはできたけれど、家族はもう火葬されてしまった――どこにいってもいない。ようやくそれを悟った。だから、もう私は探さない。アキは思った。会えるのはリョウコちゃんだけだ。

「私は、ずっと、がんばっていて、すごく強いから、心配しないでって」

リョウコちゃんはアキを抱きしめるといった。

「伝える。私はアキの家族にいつかどこかできっと出会う。そして、アキががんばっていて、超強い奴《やつ》だったって伝える。じゃあね」

ふとアキは輝く丘の遊園地で、自分がひとりぼっちなのに気がついた。

7

裸電球が点っていた。

アキは目を覚ました。

毛布が身体にかかっていた。イルミネーションの記憶が霧散していく。

家の中を覗《のぞ》くとケンちゃんが布団で寝ていた。

作業机の上に〈作品〉が完成していた。

ガラスの板をはめたケースの中にリョウコちゃんは入っていた。頭には茶色の鬘を被り、首からは貝殻のネックレスをかけ、白地に水玉模様の服を着ていた。眼球にはガラス玉が埋め込まれ、身体のあちこちがビーズで飾られていた。そしてケースは花で埋め尽くされている。

これなら大満足ではないか、とアキは思った。老婆も、自分も、きっとリョウコちやんも。

アキはケンちゃんに深い尊敬の念をおぼえた。

しばらくするとケンちゃんが起きてきた。

「なんか食べる？」

アキは頷いた。そして、老婆に教わったありがとうの手話をしながらリョウコちゃんを指さし、何度も頷いた。

ケンちゃんは袋入りのインスタントラーメンをふるまってくれた。具材は何もなかった。でも、とてつもなく美味《おい》しかった。

「バアちゃんな。リョウコちゃんのこと、時々話していた。まあ俺がバアちゃんの家族のこときいたからなんだけど。娘がいて、金持ちの外国人と結婚して、アメリカから手紙がくるんだって。わが娘ながら豊かそうな生活で羨《うらや》ましいって。自慢の娘ってかんじで名前はリョウコだって。あれは全部、そうであったらいいって妄想だったんだな」

ケンちゃんはいった。ブン、とカナブンが入ってきてそれから去っていった。

「人間だけだな、弔う、悼《いた》むとか、そういうことは、あ、象もするっけか？　そのとき何が起こったのかなんてわからないけれど、消滅してしまうことがイヤだったんだろうな。リョウコちゃんが骨にならずに残っていたのは、バアちゃんあえてそうしたんだと思う。バアちゃんは、ほら、宗教の人だろ。普通の人より奇跡が起こる可能性を捨てなかった。あきらめなかったんだよ、オカルト的な復活方法がいつか見つかるんじゃないかって、でもそんなものはなかった。長く生きても見つからなかったんだな」

アキはケンちゃんの顔を見た。よく見ると皺《しわ》や白髪が多かった。とても優しい目をしていた。

「あんた、バアちゃんの、孫じゃないんだよな」

アキは頷いた。

「だろうと思った。本当は最初からそう思っていた。さあ、朝になったら一緒にリョウコちゃんを渡しに行こう。俺は場所知らないから、バアちゃんちまで案内してくれ」

夜が明けた。

ケンちゃんとアキは、風呂敷に包んだリョウコちゃん入りのケースを台車に乗せて、老婆の家に運んだ。

呼び鈴を鳴らすと老婆はでてきた。

老婆は無言かつ無表情に二人を見た。

アキは老婆に頷いてみせた。使命を果たしたという意味のつもりだった。

老婆はケンちゃんがよっこらせと台車から下ろした大きな風呂敷に目をとめた。

「バアちゃん、あんたんところの子供が俺んところにこれをもってきた。事情はきいた」

ケンちゃんが素早くいった。

老婆は二人を家に入れた。むすっとしていて怒っているようにも見えた。

部屋は散らかっていた。割れた食器や、逆さまになった椅子、そしてウイスキーの瓶が転がっていた。アキを大使命に送りだしてから、精神的混乱に見舞われたようだった。

老婆は、言も喋らずに、震える手で風呂敷の包みを解いた。それから眉根《まゆね》に皺を寄せた。

両目が充血していた。苦しげに、お、おお、と呻いた。それから老婆は疎《うと》ましそうにアキを睨《にら》みつけた。

アキは目を瞬《まばた》いた。リョウコちゃんと再会した老婆が一瞬にして変わってしまったのがわかった。アキの居場所は消滅し、アキは家族の如《ごと》きものから全くの他人——この家に似つかわしくない異物となった。

「で……で、でてって」消え入りそうな小さい声で老婆はいった。

部屋の刺々《とげとげ》しい空気は、ケンちゃんも察したようだった。

「バアちゃんと、リョウコちゃん、二人にさせよ」

ケンちゃんがアキの肩を叩いた。

二人は家の外にでた。

アキは、老婆が狂喜する予想もしていたので解《げ》せなかった。なにしろ大使命だった。遥か遠方まで旅をし、穴の中からリョウコちゃんを連れてきた。ケンちゃんに頼んで綺麗にもした。それなのに——なんの労《ねぎら》いの言葉もなく、感謝もなく、この仕打ちか？

「自分勝手だよな」

ケンちゃんが呟くようにいった。

「余裕を全くなくしているんだ。必死なんだよ。そういうときは、他人の心なんて慮《おもんぱか》ってやれはしないんだ。俺もそういうときが何度もあったからわかる。バアちゃんはな、あんたにリョウコちゃんを連れてくることを頼んだけれど、でも、たぶんこれまでずっと、心の中では娘なんていないと思い込んだり、娘は生きていて幸せになっていると思ったりしてやり過ごしてきた時間が長かったんだろう。あんたが本当にリョウコちゃんを連れてきてしまうとどうなるかってことを完璧《かんぺき》には想像できていなかったんだ。ごまかしてきた現実を突きつけられたようなものなんだろう。誰だって完璧に想像することなんてできないんだよな」

ケンちゃんはアキの肩を叩いた。

アキはケンちゃんの家につくと、ケンちゃんに顔を向け、そして自分の口を指した。

――アキなら余裕じゃん、そんなの。

頬が紅潮する。「あ」「り」「が」「と」「う」アキは一語一語発声すると、呆然としているケンちゃんを残して、その場を去った。

アキはぼんやりと橋桁《はしげた》から川を眺めた。

涙がではじめると、とまらなかった。

ケンちゃんとは別れたが、アキは老婆の家に戻っていいものやらわからなかった。

だが日が傾く頃になると、何かを確かめるためにアキは老婆の家にとぼとぼと足を向けた。

玄関は鍵がかかっていたので、庭にまわった。

庭に面したガラス戸にも鍵がかかっていた。

ガラス戸の向こうには老婆がいた。ケースからとりだしたリョウコちゃんを胸に抱いて、居間で目を瞑っていた。

老婆は化粧をしており、口から血の筋がでていた。テーブルの上には大きなケーキが皿に載っていた。

それは一枚の完成された絵のようで、もうアキの入り込む余地はどこにもなかった。

湿った風が吹き、空からざあっと一斉に雨粒が降ってきた。

もうここにはアキの帰る場所はなかった。だがそれでいいのだ。アキは思った。暖かな雨が降り注いでくる。雨音に何もかもがかき消され、消滅していくようだ。立ち止まっていると自分も消滅してしまいそうだった。それが恐ろしく、アキはただひたすらに夏の夕立の下を走った。

母の肖像

1

十月半ばの夕がた、作業着をロッカーにいれ、タイムカードをおして、いつものように職場を後にした。

ひんやりとした風が吹いている。

仕事が終わって帰るときが一番好きだ。

だいたい終業三十分前には、何を食べようかと夕食の選択肢が歌になって脳内をかけまわっている。

ちょうど音楽でも聞こうとイヤフォンをだしたところで声をかけられた。

「河合《かわい》一馬《かずま》さん、ですか」

声のしたほうを振り向く。知らない女の人がいた。年齢は三十代か、四十代だろうか。黒っぽいスーツ姿だった。

「そう、ですけど」

「お仕事、お疲れのところすみません、私、咲島《さきしま》と申します。ほんの少しお時間いただいてよろしいでしょうか」

相手がぺこりと頭をさげたので、ぼくも慌《あわ》てておじぎをした。

胸騒ぎがした。

薄暗い通りで、女はここではなんですので、といった。

女の後について通り沿いの店に入った。タコス店だ。

席につくと、女は名刺をだし、コーヒーを注文した。

名刺には「人探し請負・咲島秋《あき》」とあり、電話番号とメールアドレスが記されている。ぼくは一瞥《いちべつ》すると名刺をポケットにしまった。

「私、実は、河合美智香《みちか》さんから、人探しの依頼を受けているものでして、一馬さんのことを探しておりました。大塚精機の倉庫で働いているということを、あおぞら学園ホームのお知り合いのかたからききまして」

河合美智香はぼくの母の名だ。

「母がぼくを探しているんですか？」

「はい、そうなんです」

「あの、母は、なんでぼくを探しているんですか？」

「理由については伺っておりません。でもまあ、それはその、お母様ですし。息子さんと音信不通なら、心配をなさっているのではないかと」

「今更心配ってことはないと思いますよ」

母と最後に会ったのは十四歳の頃で、現在ぼくは二十七歳だ。別に絶縁宣言をしたわけではないが、縁は切れているように思う。今になって急に「心配」などという感情は起こらないのではないか。

「今回私が美智香さんから受けている依頼は、息子さんを自分のところに連れてきて欲しい、というものなのです」

「え？　いや、あの」

嫌な予感がじわじわとしてくる。

「しかしその、一馬さんはもちろん、未成年でもありませんし、お母様にも私にも誰にも、強制する力はありません。ご無理でしたらその旨《むね》お母様にお伝えします。行かれる場合は全額お母様側のご負担で、私が車でお母様のいる場所にお連れします」

咲島は事務的にいうと運ばれてきたコーヒーを飲んだ。

「母は、えっと、どこか身体《からだ》の具合が悪いとか、余命いくばくもないとかそんな感じでしたか？」

「はあ、お会いしたときの感じでは、特にお身体が悪いようには見えませんでしたが」咲島はいった。「病気って外見だけではわかりませんものね。お母様が、一馬さんをお探しになっている理由はきいておりません。ご病気なのかもしれません。それは、ご自分でお会いになって確かめていただきたいです」

ぼくの表情を読んでのことだろう。咲島はいった。

「その、あまり美智香さんとの仲はよろしくないんですね？」

「いや、別にまあ、その仲っていうか」ぼくは困惑した。親子の仲？

2

今でいえば、ネグレクト、というのだろうか。

六歳のぼくは小学校には入学しなかった。

無知こそは最高の免罪符で、ぼくは最高で最低の暮らしをしていた。

ぼくは商店街にあるビルの二階で両親と暮らしていた。

出入りは非常口だった。

錆《さび》の浮いたシャッターに、年月を経たコンクリート。ほぼ廃ビルといってよかった。

かつてはオフィスとして使用されていたのであろう二階フロアに、大きな三面鏡や衣装ダンスといった、生活家具が置かれていた。

家具販売店の展示スペースで暮らしているような感じで、ビル全体の住民は、ぼくと両親の三人だけだった。

父は殺人者だった。母はその殺人者に依存した女だった。

ある日そっと足を忍ばせて廊下にでると、階段をおりてすぐのところに両手足を縛られた男が転がっていたことがあった。パンチパーマで、上半身は血のついたTシャツ姿で、肩から背中、胸に入れ墨が見えた。

パンチパーマの隣に父が立っていた。

父は階段の踊り場から下を覗《のぞ》いているぼくに気がつくといった。

「あっち行っとけ」

入れ墨だらけの男はちらりと驚いた目でぼくを見た。どうして子供がいるんだ？という顔をしていた。

ぼくは慌てて死角に隠れた。

「言い残すことある？」父の声。

「俺がタナシ組だってわかってやってんのか」

「へえへえ、わかってやってたらなんなの」

「てめえな、チンピラ風情《ふぜい》が極道のシャブやカネ狙《ねら》って、ただで済むと思ってんのか。うちの若いもんが、地の果てまで追いかけるぞ。ガキがいんだろが、ちったあ、考えろ！」

　父は笑い声まじりでいった。

「そんな心配しないで大丈夫よ。さっきあんたの家行ってさ、引っ越し業者に電話かけて、夜逃げの準備も全部手配しておいたから。あんたの組から見れば、シャブ中の組員が、シャブ一キロと、上納金もって逃げた。そういうストーリーになるからさあ」

「てめえは」

　入れ墨男は一瞬声を荒らげた。しかし低いうめき声と共に静かに続けた。

「いったい、なんなんだ？」

　ぼくはそっと柱の陰からのぞいた。

　ほんの一瞬のことだったが、父は巨大な蛇で、入れ墨男は殺される寸前の鼠《ねずみ》に見えた。

父は慣れた手つきで注射器をだすと、縛られている男に注射した。

男がぐったりと目を瞑《つぶ》って脱力すると、父はぼくを呼んだ。

「下りてこい」

ぼくは男を袋に入れるのを手伝わされた。父は、うずくまるような姿勢に男の体を折りたたみ、長い袋の中に収めた。

「死んだの？」

「お空のお星様だあ」父はいった。「こんなとこ置いておいたら臭くなる。さあ、お片付けしないとねえ」

それから父は階段を上がって、ソファにいる母のところに向かった。懐《ふところ》から一万円札の束をだし、母の膝《ひざ》に放り投げた。五十万か、百万か、ぼくにはわからない。何十枚かある。

「これ臨時収入、だ、ぜ」

「ありがとう」母が微笑《ほほえ》んだ。グラスに酒を注《つ》いでいる。

「シタイ怖くなかったよ」

ぼくは母に報告した。

「えらいえらい。手を洗って。バイキンだらけだ」

どこの小学校かと大人に声をかけられたら、適当に答えるか、耳が聞こえないふりをする。

隠れて暮らし、逃げて暮らす。

何か命がけの遊びをしているようだった。

二、三度、夕暮れの通りを父が歩いているのを見た。化粧をした明るい髪色の細い女が、父の腕にがっしりと自分の腕をからませていた。その女は母ではなかった。ぼくの知らない女だった。父はぼくを一瞥したが、ほんの〇・五秒ほどのアイコンタクトは、冷たい苛立《いらだ》ちの混じったもので——話しかけるな——といっていた。父と腕にすがりついた女は路地を曲がって消えていった。なんとなくあれが父の仕事のような気がした。

父と母の戦いは夕方からはじまった。ぼくたちが暮らすビルの二階だった。

「おまえが、めちゃくちゃにして！　おまえが全部、私のお父さんも、お母さんだって！　私の家も！　土地も！　全部おまえがとった！　嘘《うそ》ばかり！　騙《だま》されたんだ！　私は騙されたんだ。悪魔！　悪魔！　子供を学校にも行かせないで！」

「おいおい、そりゃおかしな話だなあ。何ひとつ強制してないだろう？　全部おまえが選んだことだろう。だったら一馬を連れて出ていけばいい。そうしたら？」

「おまえが全部とった！　私の帰る場所も！」

「なんの話？」

「出ていくから金をよこせってんだよおお！」母は吠《ほ》えながら包丁を振り回した。

「私の金を返せっ！　私の！　私の金！　あんな！　五十万ぽっちじゃ、ごまかされないっ！」

　ぼくは壁際《ぎわ》に身を寄せながら、心の中では全力で母を応援していた。どちらかといえば母は父の奴《ど》隷《れい》であり、これほどの感情を爆発させることはこれまでなかった。

　当時のぼくにも、何かが歪《ゆが》んでおり、その歪みの元凶が父なのだということは理解できていた。

　父はさっと飛び退《すさ》ると、カセットコンロの上に置いてあったフライパンを手にとった。

　小さな子供と戦いごっこでもするように、母の猛攻を、薄笑いを浮かべてフライパンで防いだ。

刃物と鉄板がぶつかりあう音がする。

「このヤク中が」

父は落ちついた口調でぼくにいった。

「一馬、これがおまえの母の末路だ。愚かな人間は常に、自《おの》ずから愚かな沼を探してはまりこみ、最後には全部他人のせいにする。反面教師という言葉もあるからな、よく見ておくがいい」

――そして、俺に逆らったものがどうなるかもよく見ておくがいい。

「お母さんを、シタイにしないで！」

ぼくは全身全霊をこめて叫んだ。

母がはっとし、ぼくに向かって叫んだ。

「一馬、すぐにここから出て、警察を呼んで！」

父が素早く、そして鋭くいった。

「おまえはそんなことをしない。賢いおまえは、そんなことをすればヤク中の母さんがどうなるかがわかっているからだ」

「ぼやぼやしないで、すぐ行って！　行かなければ、私たちはこいつに今晩殺されるんだよ！　大丈夫だから行って」

母はそういうなり、ぼくが扉に向かうのを父が邪魔できないよう、盾になる場所に移動した。

ぼくは思った。母が正しい。なぜなら——母だからだ。

外に飛び出した。

部屋をでると、狂気の気配は遠ざかった。

夜だった。

鼠が暗がりに走り去っていった。

どうしよう。

悪魔と母の対決。冷静に考えれば、母が負けるのは確実だ。

しかしあれほど今まで警察はダメだといっていたのに、本当に警察を呼んでいいのだろうか？

警官を見たことはあるが、交番がどこにあるかはよくわからない。

とぼとぼと歩いていると、夜の仕事に行くらしい着飾った女たちが通り過ぎていった。彼女たちは妙に背が高く、厚い化粧も、奇妙な細長い手足も異形《いぎょう》じみて見えた。

通りの一角に食堂が見えた。〈準備中〉の札がかかっていたが、灯りはついていた。

ぼくは取っ手をまわして中に入った。昔ながらの大衆食堂といった感じだった。

「閉店ですが」

厨房《ちゅうぼう》からおばさんが顔をのぞかせた。

「助けてください」

夫婦喧嘩《げんか》？　いや、あれはもっと深刻な終わりを意味するものだった。お母さんがシタイにされてしまう。ぼくは焦《あせ》ってしどろもどろになりながらいった。

「警察を呼んでってお母さんが、殺される、はやく、急いで」

「あんた、ああ、いつもうろうろしている子。学校に行っていないよね？」

「はい、親が、そのうち行かせてくれるっていってたんですけど」

「あなた自分の家の、住所と電話番号はわかる？」

「わかりません」

だって教わってないもの。

何もかも。算数だって、漢字だって、この町が、日本のどこにあるのかだって、わかりません。

そんなことよりも——。

「お母さんを、助けて」

おばさんは固定電話に向かい、受話器をとった。そして微笑んだ。

「だけど、よく飛び込んできたね。勇敢だ」


　こうしてぼくの隠れ住む暮らしは終わった。

　後になって思うのだが、あのとき、見知らぬおばさんの店に飛び込まなかったら、そしておばさんが警察に電話をかけてくれなければ、たぶんぼくは死んでいたのではないかと思う。おばさんは命の恩人だ。

　おばさんの通報により警官がビルに踏み込んだとき、そこにはぼくの母しかいなかった。

　ぼくはもう警官に保護されていたので、その場を見たわけではない。全《すべ》ては後からきいた話だ。

　ぼくの母は、ソファでぐったりとしていた。

　警官を見ると血走った眼で奇声をあげて包丁を振り回しはじめ、取り押さえられた。

　その際、取り押さえた警官の一人は、包丁により足の甲に傷を負った。

サイドテーブルには注射器があり、末端価格一千万近い量の覚醒剤がテーブル下のプラスチックケースに入っていた。

母は逮捕された。

父も同時に捕まれば、判決その他、いろんなことが違う展開になっていたと思うが、父は捕まらなかった。

母の罪は軽くはなかった。覚醒剤所持と使用の初犯だけならまだしも、ビルのあちこちから同じ町内で盗難届のだされていた盗品もあった。高級酒や宝石である。

裁判で、母は、全ては同居の男――父のやったことだと主張した。

「六歳の子供を小学校に行かせないで放置し、働くこともなく、十万円以上する高級酒を疑問も抱かず飲んで、覚醒剤を打って、下の階で人が殺されても通報もせず、全て同居の男が悪かったので自分は悪くないということですか」

裁判官がいうと、母は顔を手で覆《おお》って泣きはじめた。警察官に包丁で傷を与えたというのも悪かった。

その時母は二十六歳だった。

3

その後、ぼくは施設で暮らした。ぼくには祖父母はいなかった。あちこちを転々として落ち着いたのはあおぞら学園ホームというところだった。

殺人鬼との廃ビル暮らしと比べれば施設はひどい暮らしではなかった。

そこから公立の小学校に通った。

テレビは共用のリビングルームで見た。食事のときは、同じように事情のある子供たちと同じテーブルを囲んだ。

家族のような、というと少しおかしいけれど、赤の他人の彼らは、実の両親よりも血が通って感じられて、廃ビル暮らしにはなかった人間関係があった。喧嘩も苛《いじ》めもあったが、そんなものは実の兄弟姉妹だってあるだろう。

あおぞら学園ホームは、小学生は相部屋、中学生からは個室になる。

長くいればいるほど、苛めてくる上級生が減っていくので居心地がよくなった。

母が最初に施設に現れたのはぼくが小学三年生のときで、二年の服役を終えて出きたところだった。

一緒に暮らす——ということはなく、ぼくは施設で生活しながら、月に二回、年に二十数回、母と面会した。たいがいは外食で好きなものを食べさせてくれ、ディズニーランドに行ったりもした。

外で会っている母は、おもちゃでもなんでも買ってくれたし、いつも必ず図鑑などのプレゼントを用意してくれた。ぼくは母に会うのは楽しみだった。

おそらく人間は年をとればとるほど、「まともではないこと」が重荷になっていくため、母はまともになろうと努力していたのかもしれない。

ぼくが中学二年生になった頃、施設にやってきた母は、いつものようにぼくを外食に連れだした。

その日は中華料理店だった。

「この先も一緒に暮らさないほうがいいわね」

母はいった。

あなたはこのまま、施設で暮らしなさい、ということだ。

母はずいぶん痩《や》せていた。何かこう言い訳がましくいった。

「だってその、暮らせないし、あなたはもう大きいし。私も薬物更生施設に入っているし、再婚の話もあるから」

「わかってるよ」

たぶんそれがぼくたちの間では最良の位置関係なのだろう。

ぼくは、母にきいた。

「あいつはまだ捕まってないの？」

ぼくは父をあいつと呼んでいた。

「うん」

母はいった。

「たぶん捕まらないと思う。悪魔みたいな人だから」

母がいうには父は非常に計算高く、別のいいかたをすれば小心で、あの晩、母が殺されなかったのも、ぼくが警察を連れてくる可能性を即座に計算し逃亡したからだという。

確かに警察が踏み込んだとき母の死体があるのと生きているのとでは、その場から消えた男を探す警察の熱意に差がでてくる。

「ほとんど、何も残さずにね」

指紋など全て拭《ふ》き取ることはできなかっただろうが、はっきりと〈これが父のものだ〉といえるようなものは残っていなかった。

「もし捕まったら死刑だってわかってんのよね。だから何かあればすぐに逃亡できるようにしておいたんだろうね」

「殺人か。ぼくが見たのは一人だけ。何人も殺しているんだ？」

確かに初めての殺人、といったふうではなかった。

母は溜息《ためいき》をついた。

「一回ね、詳しく話しておくべきね。あの男が何をしたのか」

以下は母の話をまとめたものである。

母の生家は墨田区にあったという。

母は両親に一人娘として溺愛《できあい》され、バレエを習ったり、イギリスに留学をしたりして育った。

そんな母の前に、美しくハンサムで遊び上手な青年――ぼくの父となる男が現れ、心を奪われてしまう。

出会いは、大学生だった二十歳のときに海外旅行で行ったイタリアのシチリア島だったそうだ。日本に帰ってからも頻繁に会うようになる。

父は、金をもっていて羽振りがよく、そして会社通いをすることもない自由人だった。

良い服を着て高級車に乗っていた。

結婚をする約束をしたが、それよりも早く母はぼくを妊娠した。

だが、妊娠中に、父はいきなりどこへともなく曖昧《あいまい》に姿を消した。

来週から二ヶ月ほどイタリアに行って商談をまとめなくてはならない、などといってそれっきりで、二ヶ月が過ぎても戻ってこなかった。事前にきいたイタリアでの連絡先に国際電話をかけても通じない。

母は墨田区でぼくを出産し、実家で祖父母と一緒にぼくを育てる。未婚の母である。

ぼくには優しいおじいちゃんと、おばあちゃんの記憶がある。白髪を刈りこんで、よく庭木の手入れをしていたおじいちゃん、赤いちゃんちゃんこを着てふわふわしたパーマ頭のおばあちゃん。

少し急な階段のある温かい家で、インコが飼われていた。

ぼくの祖父母は父を信用しなかった。

「やっていることが明らかに大人としておかしい。父親の資質があるようにも思えないし、向こうの両親も顔を出さないし、ちょっと、普通の人ではないのじゃないか」と娘の恋人を評していた。当時の母はまだ父を信頼していたようで、後になってみれば、一番父の人間性をきちんと見ていたのは祖父母だったということになる。

ぼくが五歳になった頃、祖父母は両方とも交通事故で死んだ。ひき逃げで、状況からすると、二人が歩いているときに脇《わき》から車が突っ込んできたようだった。

母は生命保険の保険金を受け取り、遺産を相続する。

そしてそのタイミングで、父が姿を現したのだ。海外出張から戻ってきたという。

父は戻るなり、自分から結婚の話をしてきた。父は婚姻届をもってきて母にサインさせ、用事でこれから役所のほうに行くので、そのついでに自分が役所に提出してくる、といった。

両親を失って途方に暮れていた母は、まだまだ子供で、葬式や何もかもをとりしきったのは父だった。

覚醒剤をはじめたのもその頃で、元気がでる薬だとすすめられたらしい。

そして、父は、遺産として母が受け継いだ家や土地を売ることをすすめた。もう君のお父さん、お母さんもいないし、ここは子育て向けの土地ではないから、ここを売ってもっといいところに家を買うべきだと強く主張したそうだ。地価の変動だのなんだの、よくわからないデータを持ち出し、それに固定資産税の税率だの都市計画だのといったもっともらしい話を混ぜ、今売らないと大損だという。

当時の母は鬱《うつ》気味で、なんでもやってくれる牽引車《けんいんしゃ》のような父は救世主だった。何もかもいわれた通りにした。実家は売り払われ、商店街にある売主が契約関係でもめているという取り壊しの近いビルの二階に入居することになった。

父はパンフレットをだし、この写真にある豪邸を建築中で、それが建つまでのあいだ、数ヶ月このビルのフロアを安く借りたと説明した。ここならタダ同然で暮らせるし、広いし、子供が大きな声で歌いながら足をふみならしても苦情がくることはない。商店街で便利だし——高い家賃や、敷金や礼金なんかも必要ないので節約できる。

母は「さすがこの人は、頼りになる」と思ったという。

父は建築中の家を見にいこうと母を連れだした。

一時間ほど電車を乗り継ぎ、暮らし良さそうな高級住宅街に新居は確かに建築中だった。

建築現場を見たあと、父は一千万ほどが入金された通帳を母に渡してプレゼントだ、といった。通帳の名義人は母だった。母は一千万をもらったと錯覚した。父は〈新居や何かにかかる夫婦のお金はこの通帳に共同で貯《た》めよう〉といって、母の実家の土地を売却した資産やその他を全部そこに入金させた。

すぐに使うときがくるので、定期にはするなと何度も言い含められた。

母が見た父の最初の殺人は、廃ビルで行われた。階下で大きな音がして、遊んでいるぼくを残して様子を見に行くと父がいて、その足元に見知らぬ男が倒れていた。硝煙の匂《にお》いがしていた。父は母を見ると落ち着き払った様子で、問題ない、上にいって珈琲《コーヒー》をいれてくれといった。母は階段を上がると、カセットコンロで湯を沸かし震える手で珈琲をいれ、階段を上がってきた父に何があったのかきいた。

父は「自分はかつて情報機関の所属で、ある国家機密を保持しているため某国が雇った裏社会の殺し屋に狙われている」といったようなことを母に説明した。そのスパイ映画的な設定によれば、父の殺人は、日本国の上層部が認可しているものだという。また、「国家の機密情報が絡《から》むがゆえ、知ることは危険を背負うことになるので、おまえには詳細を教えられない、だが信じてもらいたい」とのことだった。廃ビルに隠れ住む生活に対して母には疑念と不満があったが「殺し屋に狙われているから隠れていないといけない」が、古い回答、つまり「家が建つまでのあいだ、ここなら安いから」に追加されると、なるほど、仕方ない、と納得した。その日の死体はその日のうちにどこかに消えた。

いきなり荒唐無《こうとうむ》稽《けい》な説明をされ、信じるのもどうかと思うのだが、母によれば父の口から「いきなり」スパイ映画設定がでてきたわけではなく、父はかねてより「自分が特殊なエリートであること」を仄《ほの》めかし続けていたという。

それ以前にも〈C.I.A.の知人と一緒にオーストリア大使館に泊まっている〉とか〈来日したハーバード大学の教授を案内しなくてはならない〉などといって、母との約束を延期したり、〈外務省のお偉いさんとシリアとの交渉について会議が続いている〉と国際電話をかけてきたり、再び姿を現したときも謎《なぞ》の外国人を「アラブの大使だ」と母に紹介し、銀座のレストランで一緒に食事をしたこともあったという。大使と父の会話は英語だったが、さっぱりわからなかった。

ヘリの操縦ができる「らしい」、スイス銀行に口座がある「らしい」、海外の有名大学を卒業している「らしい」、外務省や防衛省や大使館に仕事仲間がいる「らしい」、出会ったころからずっと印象操作をされていたため、母はスパイ映画の設定をだされても疑わず、むしろこれまでの父の言動の数々と辻褄《つじつま》が合うと思ったのだ。

警察に駆け込むという発想はなかった。「任務について警察は知らないし、そうなればおまえたちを守れなくなるし、物事が果てしなくややこしくなるだけ」と父はいった。もうひとつ、母は、もう元気がでる薬が違法薬物だと勘付いていて、警察にかけこめば自分も逮捕されてしまうと思って怖かった。

母の最大の懸念《けねん》は、危険で不安定な状況はいつまで続くのかということだったが、父によれば「もうすでに国家機関が動いていて、あと少しで解決する。十日前後で終わることで、その後はもう狙われないし、安心して生活できる」のだそうだ。そして家も完成する。

最初の一人で終わりではなく、父はその後も何人かを殺した。

父は殺したあとはたいてい多額の現金を母に投げてよこした。金には不思議な力があった。アルコールと怠惰と薬と金。殺したのは「敵」なのだから同情はしないし、自分が殺したわけでもない。考えると億劫《おっくう》になる。また酒をちびり。「大丈夫だよ俺にまかせておけよ、心配するな」父の声は男らしく頼りがいがあり、そして優しい。だが、父は、母を完璧《かんぺき》に騙し切れてはいなかった。十日で終わるといったが、とっくに十日は過ぎている。いつまでここにいるのだ。狙われているのはあなただけなんだから、私たちがここにいるのはなぜ？　何かが、いや、全てがおかしい。

母は預金通帳をもって銀行に行く。すると、口座にいれていた現金が全て消えていた。数千万は小出しに引き出され、残金は二百円だった。

通帳の名義は母だったが、父は暗証番号を知っていた。

母はその日のうちに、父と一緒に見にいった建築中の新居に足を運んだ。地盤調査だの、市の建築許可をとるのに時間がかかるだので、なかなか完成しないと父がぼやく家だったが、行ってみればとうの昔に完成していたようで、全く別の家族が住んでいた。

これはまずい――最後の拠《よ》り所を確かめるため、役所の窓口に足を向けた。しかし、「婚姻届」は提出されていなかった。

母は呆然《ぼうぜん》とした。そこで初めて、父は詐欺《さぎ》師で、自分は騙されているのだ、というなんとなく目を逸らしていた事実にはっきりと向き合うことになったのだ。何もかも奪われ、もう用済みだ。殺されるのではないか、と思った。そして、とてつもない怒りが湧《わ》きあがってきていた。その晩、母は父と大喧嘩し、ぼくは警察を呼びにいくことになった。

話を聞いている最中、ずっとぼくは苛立っていた。怒りに燃えていた。

「あなたの話だとさ、あいつがおじいちゃんとおばあちゃんを殺したように聞こえるんだけど、それで資産を奪ったように」

「お母さんに向かって、あなたっていわないで」

「なんで」

「生意気だから」

「あいつがおじいちゃんとおばあちゃんを殺したように聞こえるんだけど？」

「推測だけで、なんでも結びつけてしまうのはよくない」母は素っ気なくいった。

「別の人間が轢《ひ》き逃げして、そこにたまたまあの人が戻ってきたって可能性は完全には否定できないでしょ」

「でもそうじゃないんだろ？」

「まあ、今考えるとね。登場するタイミングやなんかがぴったりすぎたしね」

「悔しくないの？」

「悔しいけど？」母はいった。「悔しくないとでも思うの」

母は服役したが、父に奪われた資産が戻ってきたわけではない。今もまだ奪われたままなのだ。

「だから、なんでそんな男とつきあったの？」

「それはねえ、格好よかったから」

「何が格好いいわけ？」

母は小さくいった。

「顔が」

「あ？」

「なんで？　結局はそこでしょ。一馬だってクラスの女の子で気になるのは、綺麗《きれい》でかわいい子でしょ？　好きだなんだって、結局は顔やら肌やら肩幅やら胸やら髪やら足やら尻《しり》やらなんやらが、自分好みってことでしょ、あとは何よ、雰囲気？　声？」

母はからかうようにいった。いくらかの自嘲《じちょう》も混じっていたかもしれない。

「違うよ、中身でしょ」ぼくは苛立ちながらいった。

「くだらないことであんまり大きな声出さないでよ。まあじゃあ、そういいはるならそれでいいけどさ。中身ね。確かにね。でもね、あの人は私ができないことが全部できるのよ。

　人を殺すのだって私にはあんな風にはできない。でもあの人は簡単にやってのける。全く動じないの。まるで趣味のハンティングって感じ。そのあたりのチンピラなんかと全然違うわ。全然、格が上なのよ。よくあのビルの一階には死体が転がっていたでしょう」

「結婚詐欺師の人殺しが格好いいの？」

「そういう意味じゃないわ」

何不自由なく己を育ててくれた両親を殺したであろう男に媚《こ》びへつらって、一日中、酒を飲んで、覚醒剤をやって、遺産を吸い取られたあげく、今も全く働かずに、子供は施設に預けたまま――あの男は格好よかった、などとのたまう。

母は何もかも間違っていて、これまでもこの先も間違ったことしかできないんじゃないかと思う。

「最低だよ。あんた最低」

「あんた、じゃないでしょ？　お母さんは、あんた、なんて名前じゃないよ？　私は逆らえなかったのよ。だって強くて怖いんだもの。優秀な調教師と犬みたいなもの。弁護士さんもいっていたけど、ストックなんとかって心理現象があって、とんでもない犯罪者に目の前で殺人を見せつけられたりすると、人間はその犯罪者の手下になっちゃうの。だからね。お母さんが悪いんじゃないの！　それでも最後には逆らったでしょう？　最後には包丁を手にしてあなたを救ったでしょう？」

よくわからない。ものはいいようだ。欺瞞《ぎまん》、自己弁護。ぼくは救われたのか？　救ったのはぼくではなかったのか。

「もう一度いうけど、結果的には」

母は、ここが肝心なところ、と一呼吸あけていった。

「悪魔を追い払ったのよ、私とあなたのコンビネーションプレイで。あなたが警察を呼んでこなければ、あそこで私たちの人生は終わっていたんだから」

「今、その殺人鬼はどこにいるの？」

殺人鬼が自分の父親だと思うとまたうんざりしてくる。

「わからないわ。誰にも。警察が捜索中」母はいった。「お金を根こそぎとられたのに、あの人が存在した証拠なんてほとんど残ってないの。籍も入れてなかったし」

父が母に語った身元に関するあらゆる情報は、出身地にしろ学歴にしろ全く裏がとれず、捜査で判明したのは、名前すら偽名である可能性が高いということだった。

「お金を下ろしたのなら、ＡＴＭの監視カメラは？」

「とっくに警察が調べたわ。預金が引き出されたときに映っていたのは、帽子とサングラスの若い女だった。たぶんどっかの店であの人がひっかけた女よ。しかも、同じ帽子とサングラスが私の荷物の中にあった。それに、その女は私の持っているコートと同じものを着ていた。その女の背格好は私に似ていた。私のいっている意味わかる？」

母に似た背格好の女に、母のコートと帽子とサングラスを与え、お金を引き出させた。

第三者からすれば、覚醒剤中毒者の証言の信憑性《しんぴょうせい》は低い。監視カメラの映像を見た警察官は、この女は自分で預金を引き出しておきながら、妄想をまくしたてているという解釈をするだろう。

「まさか、警察は信じてないの？」

「たぶん半信半疑ってとこだけど、あんまり本気じゃないのよね。人殺しの話も、私が知っている限り刑事にしたんだけど」

人を殺したのを見た、と証言があっても、死体もなければ、どこの誰が殺されたのかもわからないのでは、殺人が事実なのか確かめようがない。

一通りの捜査はするが、警察も暇ではないので、見込みがないとなれば、すぐに打ち切る。

「お母さん、もし道であいつに偶然会ったらどうする？」

母は首を横に振った。

答えは用意されていないのか、と思いきや、母は薄く笑っていった。

「支払いをさせる」

冷たい声だった。

もちろん、これこれこういう損害を受けたのでそれを支払いなさい、などと殺人鬼にいって、はいそうですかと話がまとまるわけはない。

母のいう〈支払い〉とは、おそらく比喩《ひゆ》的な意味で、現実に何をするのかはわからなかったし、それが母にできるようにも思えなかった。

母はふっと息をついた。

「話変わるけど、中学校はどう。みんな色気づいて気持悪い年齢ね。モテるでしょ？一馬は」

母はぼくをじろじろと見ていった。

「あんたはお父さんによく似てきた。やっぱり遺伝子なのね。人間は遺伝子なのよ」

「人間は遺伝子じゃないよ」ぼくはきっぱりといった。

「ああそう」母はいった。議論する気はないようだった。

「もっと不良っぽくしたら。その年ごろではそのほうがモテるだろうね」

「頭がおかしいんだね？　がっかりだよ、自分の母親がこんなだと」

これが十三年前のことで、それ以降、母はぼくの前に現れず、もちろんこちらから探すことはなかった。

ぼくは高校を卒業するとすぐに働きにでた。最初の仕事は社員寮暮らしの営業で、その仕事をしながら車の免許をとった。そこは二年でやめて神奈川の工場に再就職した。その工場で五年間働いてから、今の倉庫の仕事に転職した。

真面目《まじめ》にやってきた——と思う。煙草《たばこ》は吸わず、酒は飲まず、競馬もパチンコもしない。たいがいは部屋で静かに暮らし、趣味は読書だ。

ぼくにとって、それで人生は充分だ。

4

母は長野にいるというので、翌日、仕事を休んで咲島秋の運転するアクアで長野に向かった。

場所さえ教えていただければ、付き添っていただかなくても一人で行きますけど、というと、ご一緒させてください、といいはった。

咲島からすれば「息子を無事に連れてくるまでが仕事」なので、場所だけ教えても、ぼくの気分が変わって行かない可能性を考えているのだろう。

　咲島が運転し、ぼくは後部座席にずっと座っていた。

　車の中では雑談に終始した。

「人探しの探偵って儲《もう》かるんですか？」

「そこそこです」咲島はいった。「いろんな人がどこかで誰かを探しているんですよ。一馬さんも、誰かを探すときには、私に電話してください」

　やがて高速のインターを下りると、道の駅に入った。

「ここが待ち合わせ場所です」

　急に胸が苦しくなった。

　車を下りると十三年ぶりの母が食堂の入口に立っていた。

　母は、咲島と何やら話して、咲島に封筒を渡すと、ぼくのところにきた。現金で報酬を払った、のだろう。

　咲島は封筒の中を確認すると、一礼して、ぼくに視線を向けて頷《うなず》くと、去っていった。

「久しぶりね」母はいった。

　あまり似合っていない白っぽいスーツを着ていた。

　ああ、なんだかやばい感じだな、と思った。

　陰鬱な気を発している、とでもいえばいいのか。

「ちゃんと食べている？　病気はしていない？」

「ああ、俺さ、一応いっとくけど、忙しいんだけど。仕事しているしさ」

「わかっている」母はいった。「真面目に働いているんだね」

「何の用なわけ？」

　人を雇ってまで呼びださねばならぬことがあったのか。

「まあ、最近ね、いろいろ考えて、ほら、あまりいい親じゃなかったじゃない」

「今更もういいよ、そんなの」

「とにかく、とても大事な話があるの。とりあえず車に乗ってちょうだい、そんなに時間はとらせないから」

　よくわからぬまま軽自動車に乗った。

　車は田園風景を進み、どんどん山道を登っていった。

「どこ行くの？」

「山荘」

「誰の？」

　母は黙った。

「ちゃんと説明してよ」

「お母さんね、お父さん見つけたの」

　ぼくはうっと呻《うめ》いた。

　衝撃だった。

「どこでどうやって見つけたの。さっきの探偵さんが？　警察には行ったの？」

「さっきの探偵さんは関係ない。あの人にはあなたを探して連れてくることを頼んだだけ。警察には――行ってない」

「あいつを見つけたなら、なんで警察に行かないの？」

　母は口ごもり、それから、あらかじめ考えていた文章をそらんじるかのようにいった。

「あなたのお父さんは逮捕されると、たぶん何人も殺していることが明らかになる。常軌を逸した稀《き》代《たい》の殺人者なんていってさ、そうするとあなたもお父さんの子供だから、たとえば職場まで記者が押しかけてきたりとか、いきなり会社を解雇されたりといったことになりかねない。いろんな意味で、お父さんの犯罪が明るみにでないほうが、あなたは楽に生きられると思う。それについてはどう思う？」

ずいぶん誘導的だ。

だがこの母は息子の人生のことなど考えない。自分のことしか考えない。自分の都合で選択したことを「おまえのためを思ってそうした」と恩として解釈させようとする狡《ずる》い人間なのだ。

だからぼくはあえていった。

「いや、ぼくは殺人犯は、父親だろうが母親だろうが警察につきだすべきだと思うよ？」

何がおかしいのか母は笑いだした。

「実はね、もうそういう段階じゃないの」

母の車は白樺《しらかば》林の道に入り、白い山荘の前でとまった。

母は運転席を下りる。仕方なくぼくも車を下りる。

標高が高いのか、若干気温が低い。

山荘の前にはホンダのＳＵＶ車がとまっていた。

——まさか。

あいつがここにいるのか？

母は鍵《かぎ》をだしてがちゃりと扉を開いた。

「殺しちゃったのよ」

花で飾られた男の死体が長い箱に入っていた。ほぼ白骨化しており顔は髑髏《どくろ》になっている。

「お父さん、一馬がきたわよ」母が髑髏に声をかけた。

「マジかよ」ぼくは震え声でいった。「これ本物？」

薄暗い部屋の電気を母がつけた。

母は椅子《いす》に座ると、冷蔵庫からビールをだし、呑《の》んだ。

「支払いをさせたのよ」

母は落ち着いた声でいった。

ぼくはまじまじと母を見た。

午後の高原の光がレースのカーテン越しに部屋に入っている。

「死体だけど、喋《しゃべ》るの」

5

三ヶ月前のことだったという。

七月の終わり頃の高速道路のサービスエリアだった。母はたまたまそこにいた。

そこで二十一年前に廃ビルから消えた父がカツカレーを食べているのを発見したのだ。

衝撃の偶然だった。

向こうはこちらに気がついていなかった。

母はすぐに売店でサングラスを買い、それをかけた。カレーを食べている男を背後から観察した。

当時二十代だった母が四十代後半になっているように、ぼくの父にも二十一年の歳月が流れているのだが、それでもずいぶん若く見えたという。髪は後退していないし、肌のつやもいい。容姿の保全に気を使っているのか、とにかく容貌《ようぼう》がたいして変化していなかったせいで、母は見つけてしまったのだ。

食事を終えると、父は駐車場にでて、自分が乗ってきたＳＵＶ車に戻った。

母はすばやくその車のナンバーを書きとった。

そして軽自動車で、追跡をしたのだという。

父は小淵沢《こぶちさわ》インターで下り、それからスーパーで買い物をした後、高原地帯の細い道へと車を走らせていった。

母はときには引き離されながら、別荘地に入る前の道で父の車を見失ったが、後から考えればそれで良かったのだ。さすがに森の中の未舗装路まで背後に車がついてきたら、父は尾行に気がついてしまっていただろう。

母はいったん国道に戻ってガソリンを入れると、書店で近隣の詳細地図を買い、父を見失ったあたりの区画をしらみつぶしに徐行しながら走った。

そして、一軒の白い瀟洒《しょうしゃ》な山荘の前に、父のＳＵＶ——書き取ったナンバーのものが駐車されているのを発見した。

母はその晩、山荘から少し離れたところに駐車して、家の様子を窺《うかが》った。

そこら中が夜露に濡《ぬ》れ、寒い夜だった（山荘のある土地は標高が高く、夏でも夜は冷える）。

中の様子はよくわからなかった。

レースのカーテン越しに、父の姿が何度か横切るのが見え、他の人物の気配が一切ないことから、どうも一人でいるらしいことがわかった。

母は翌朝、山荘のある山から十五キロ離れたふもとの市街地のビジネスホテルにチェックインした。

そして包丁を買ってきた。ＡＴＭで五十万をおろした。すぐに使う予定があるわけではなく、万が一のとき手元に現金があったほうがいいという判断だった。

夜は温泉に入った。

その一日は、犯行のことをずっと考えた。

両親を殺し、自分を騙して人生を狂わせた男。中止しようとは思わなかった。

母の父に向けた殺意は、その一日の間、萎《な》えることなく、むしろ研ぎ澄まされていった。

薄《うっす》らと霧のでた朝だった。

母はじっと父が現れるのを山荘の前で待った。

やがてがちゃりとドアが開かれた。父は鍵を片手に車に向かって歩き出した。

　そのとき、背後から包丁をもって飛び出した母が父の背中を刺した。

　父は唖然《あぜん》とした顔で母を突き飛ばした。

「誰だおまえは？」父はいった。

「ざまあみろ、自分のしたことを支払うときがきたんだよ」

　母はいった。なんだか無性に嬉《うれ》しかった。

　父は背中に刺さった包丁を引き抜くと、母に向かっていった。

「名乗れ。井草京子《いぐさきょうこ》か？」

　全然違う名前だった。河合美智香が母の名だ。母は激昂《げきこう》した。

「おまえのせいで刑務所に入った河合だよっ！」

「ああ、あの何十年も前の、馬鹿でヤク中のどうしようもないお嬢様か。刑務所はどうだった？　息子は元気か？　これはどういうつもりだ」

　父は自分の血で赤くなった包丁を左手に、母に向かってきた。

「河合。なんでおまえがいきなり現れるんだ？　どうやって俺を探しあてた？　他に誰がここを知っている？」

　まさか刺されてなお向かってくるとは思っていなかったので母は後退し、背を向けて逃げた。

にたにたと笑いながら、追いかけてきたという。

不意に母は、自分が相手にしたのは、人間ではなく、不死の化け物か何かではないのかという思いにとりつかれた。あるいは傷が浅かったのか。

もちろん父は人間だった。次第に歩調がのろくなり、やがて「必ず見つけ出して、おまえの身体を全部ウジ虫に変換してやる。必ずやるからな」と叫ぶと、よろよろと家のほうへと戻っていった。

母はしばらく待ってから、そっと家の前に行き、窓から部屋をのぞいた。

父は床に倒れていた。どうも救急車を呼ぶため固定電話に向かおうとしたところで、椅子につまずいたようだった。椅子も倒れていた。

大量の血液が床に血だまりを作っていた。

家の外から窓越しに父が起き上がるのを待った。

二時間近く待っても全く動きがないので、そろそろと部屋に入った。

「死んだの？」

返答はなかった。

包丁で刺したのだから死んだのだろう。だが、殺しておいて、どうにもうまく気持の整理がつかなかった。

父はモンスターだった。魔王だった。絶対的強者のはずだった。

それが、あまりにもあっさりと、呆気《あっけ》なく、まるで普通の人間みたいに——死ぬはずはないように思えた。

いつか包丁で向かっていったときは、フライパンで全てはじかれたのに。

もっとも死んでいないとしても、弱って倒れているのだから、とどめをさせばいいのだが、母はそうせず、両手足をガムテープで縛った。

殺意はもう消えていて、話がしたかった。

部屋は静かだった。冷蔵庫を開くと、林檎《りんご》やマスカットなどが入っていた。母は黙ってテーブルでフルーツを食べた。

最初は自首をしよう、とも考えたという。それが一番すっきりするし、後は刑務所が全て世話してくれる。だがすぐに、刑務所生活を思い出し、あそこにはもう戻りたくないことに気がついた。

ではどうすべきか。

死体をどこかに隠し、ここを逃げだすのだ。うまい具合にここは山中だ。死体を捨てる場所などいくらでもある。

だが、ここが母の駄目なところというか、恐るべき愚かさというか、ぼくには全く理解できないところなのだが、母は何もしなかった。

母はフルーツを食べ終わると、大胆にもベッドに寝そべり、死体をそのままにして、そこで眠ったのである。

何しろ早朝から寒さに耐えながらずっと家の前をうろうろしていたのだから、眠かったのだ。

ベッドで、「目的も果たしたし幸せだ」と思ったという。

怠惰で虚無的で、無目的な母の人生にこんな充実は滅多になかった。

ぼくからすればよく人を殺した後に、誰がくるかもわからない家で眠れるものだと思うのだが、やはり母は、人としてどこかが壊れてしまっているのだろう。

「おい」という男の野太い声で目を覚ました。

部屋は真っ暗だった。網戸からは夜気が入り、あたりは虫の音《ね》に包まれていた。

父を殺したのは朝だったが、なんと日没まで眠ってしまったらしい。

警察がきたんだと思った。

そうでなければ、家の持ち主か、父の知り合いか誰か。

だが、身を起こすと誰もいなかった。

部屋の気配の主は――床に転がった黒い塊だった。

その黒い塊がいった。

「救急車を呼べ」

「嫌だよ」母はいった。

黒い塊は舌打ちした。

「あんた生きているんだ」縛っておいて正解だったな、と思った。

「手当をしろ」

「嫌だよ、死になよ」

そういいながら、母はベッドを下りて、部屋の電気をつけた。

なんとなく浮き浮きした気分になった。

そして父の様子を観察した。

だが、灯りをつけて近くで見るとどうみても死体だった。目には光がなかったし、脱力していた。

念のために心臓の鼓動を確かめたが確認できず、呼吸もしていなかった。そして話しかけても返答はなかった。

幻聴だったのか。それとも灯りをつける寸前まで父は生きていたのか。

母は冷蔵庫を漁《あさ》った。キッチンにパスタがあったので、それを茹《ゆ》でた。

食事が終わると、ようやく床の血の掃除をはじめた。洗濯機の近くにあったバケツとモップを使った。

さらに念入りに父を縛り、それから寝袋があったのでそれをかぶせた。テレビをつけ、ニュースを見た後、部屋が冷え込んできたので、毛布を被《かぶ》るとまた眠りこんだ。

翌日、母は部屋を捜索した。特に何かを探していたわけではなく――いや、本当をいうと探していた。

本棚の上に、腰みのをつけた男の木像があった。異国の土産物屋にある民芸品に見えた。

何か、ぴんときたという。

父はこの手のものを飾らないタイプだ、という微《かす》かな違和感。

母はその木像の下部が開くことを発見した。

中にはビニールに小分けされた覚醒剤があった。

冷たい汗が額を流れた。

かつてこの男は覚醒剤を大量に持っていた。今だって持っているにちがいないと思っていたのだが、やはりあった。

だが、あったからどうなのだ？

刑務所をでたあと、薬物更生施設に入った母は、そこをでてからも、強烈な誘惑に苛《さいな》まれ続けた。

だが殊勝なことに、母はもう覚醒剤には手を出すまいと思い、ずっと誘惑をはねのけ続けていた。

木像の内部に隠されていた白い粉は、三日に一度のペースで打つと計算すれば、数ヶ月ほどで使いきる量だった。注射器も別のところから発見した。

母はその日のうちに覚醒剤を使った。

やる寸前の自分に対する言い訳は「殺した記念に、一回だけやったって別に変わらなくない？」というものだった。「それでやめればいいんだし、特別なんだし、今日は」

打った瞬間、あ〜あ、と思った。

あ〜あ、やっちゃった。もう終わったな。私はこれで終わった。

部屋の片隅でクスクスと笑い声がきこえた。

死体になって寝袋に包まれた父が、身体を震わせて笑っているのだった。

「本当に馬鹿だなお前」父は笑いながらいった。

「本当、本当だね」母も一緒になって笑った。笑いながらむせた。涙がでてきた。

「とてつもなく馬鹿だからさ、あたし。どうしてきちんとできないんだろう？　誰か殺してくれればいいのに」


そこからは二十四時間眠らなかった。

母は部屋を漁り続けた。

箪笥《たんす》のなか、ベッドの下、本棚、木箱。

床下収納から、札束の入ったボストンバッグを見つけた。

札束は数えると、七千万円あった。


一週間、母はその山荘にいた。

食材がなくなれば車で山を下りてスーパーに買いだしにいった。

来客は一人もなかった。

棚にあったアルマニャックに手をつけた。

ポストの郵便物も皆無で、固定電話も鳴らなかった。

父にとってここは「他人に教えない秘密の隠れ家」のようなところだと母は判断した。

山荘には父の携帯電話があったがロックがかかっていて開けなかった。谷川にそれを捨てた。

母はホームセンターに行くと、細長く大きな衣装箱を買った。

そして山荘に戻ってくると、父の死体をそこにいれた。棺桶《かんおけ》のようだった。足は入らなかったので折りたたんだ。

「ここからだせ、糞《くそ》女」

蓋《ふた》をすると棺桶の中から声がきこえてきた。

毎晩、母が寝床で目を瞑《つぶ》ると、部屋の片隅の衣装箱ががたごと音をたてた。

父はやはり妖怪だった。

深夜になると甦《よみがえ》った。

音をたてて棺桶の蓋を床に落とすと、みしみしと床を踏んで、母の眠るベッドに向かってきた。

「おまえに俺が殺せるはずがないだろう。おまえはただ俺の前に平伏し、狂っていくだけだ。それが哀れな豚の生きざまなのだ」

若々しい二十代の頃の姿に戻り、母の身体にのしかかってきた。

だが夜に何が起ころうと、それは朝の光が窓から差すと、全ては幻だったかのようにかき消えるのだった。父は衣装箱に戻り死体に変じ、母はベッドの上で寝汗と共に身を起こし、鳥の囀《さえず》りを聞いた。

母は一週間たつと、七千万のボストンバッグを、自分が乗ってきた軽自動車に積んで、山荘をでた。

覚醒剤は置いてきた。

何がしたいのか、自分でもさっぱりわからなかったが、山荘にずっといても仕方なく、気晴らしがしたかった。

父は腐って蛆《うじ》が湧きはじめたので、山荘の前の敷地に放置することにした。箱の中が見えないようにビニールシートをかけた。

家の前に死体の入った箱を置いてでかけるというのだから、ずいぶんな度胸だが、ここには一週間誰もこなかったのだから、この先もこないだろうと、母は思った。

母はまず、埼玉県に向かった。

自分が居住している築四十五年の古い団地の部屋に到着すると、荷物を下ろした。

やっと戻ってきた、とほっとしてお茶を飲んだ。

翌日、百万円をボストンバッグからとりわけてハンドバッグに入れると、化粧をし、出陣する戦士の気分で外出した。

まず電車で東京に向かった。

高価な海外ブランドの洋服店に足を踏み入れる。

そんな店に行くのは二十数年ぶりだった。

でも一着も買わなかった。どのデザインも、二十代の小娘に似合いそうなものばかりで、五十に近い自分には若すぎたり、奇抜すぎると思ったからだ。

それに、明らかに高すぎて、値段ほどの価値があるように思えなかった。

靴や鞄《かばん》も同様だった。そもそも誰に見せる？

だが母は全く傷つかなかった。予想していたことであり、ただ覗いてみただけだった。

いろんなお店を覗いた。たとえば化粧品、たとえばインテリア。時計。宝石。

買えないものはなかったが、買う必要のあるものはひとつもなかった。

次に、映画館に向かった。映画が観《み》たいというより、買い物に疲れたので、足を休めたかったし、暇つぶしがしたかったのだ。しかし、その映画館では「ファミリー向け映画」か、観るだけで苦痛をおぼえそうな「ティーンエイジャーファンタジー」しかやっていなかったので、結局入らなかった。

映画館の前には子供連れとカップルがたくさんいた。

母は、あおぞら学園ホームに預けていた息子（つまりぼく）と一緒に、子供向け映画を観に行ったことを思い出した。恐竜がでてくるやつだった。

恐竜。

母はそれまで恐竜になんの興味もなかったが、息子が熱心に恐竜にはまっているのを見るうち、なんとなく自分も恐竜を好きになったのを思い出した。アンキロサウルスが可愛《かわい》いと思った。

子供と映画を観たのはそれ一度だけだった。

その経験は母の中ではいつまでもいつまでも残っていた。

次に、レストランに行った。若い頃にはずいぶん贅沢もしたが、刑務所暮らしを契機に極端に値段の高い店に入ることはなくなったし、入ってみようと思うことすらなくなっていた。だが今日は、食事ぐらい贅沢《ぜいたく》をしよう。祝杯をあげなくては。奴《やつ》を殺したのだから。支払いをさせたのだから。バッグには消費するための百万円があるのだから。

店は、レストランガイドで星がたくさんついているフランス料理店にした。店の扉を開くと、「本日は、ご予約されていないお客様には席がありません」といわれた。

そりゃそうだよな、と母は思い、店員にきいた。

「明日の予約はできますか」

「ありがとうございます。でも、あいにくですが、今月は月末まで、全部埋まっているんです」と店員はいった。

母は仕方なく、その場を離れた。

第二候補の神戸牛の店に行こうと思ったが、電話をかけてみると、やはり本日は予約で満席ですとのことだった。

母の贅沢は結局のところ、市場で「本まぐろ大トロ刺し身」を買って帰ることになった。

家で酢飯を作り、握って食べた。

これが一番賢い贅沢ではないか、と思った。

食べ終わると、山荘から持ってきた山梨産ワインを呑んだ。

天井をじっと眺めた。

自分が正義の人である理由を並べたてた。あいつの犠牲者はきっと膨大な数だろう。警察に引き渡したところで、裁かれれば死刑相当だ。

自分は被害者であり、被害者遺族でもある。

裁判所、刑務所、いろんな意味で人さまに委託する迷惑、手間暇を、全部自分が担当してやった。持ってきた金にしたって、かつて奪われたものを取り戻しただけだ。

それでもどこかに罪悪感があった。

ふと視線を巡らすと、窓際にアンキロサウルスのフィギュアがあった。十数年前にぼくと映画を観に行った帰りに、玩具《おもちゃ》屋で自分用に買ったものだった（ぼくには恐竜が十体ほどセットになったものを買ってくれた）。母はそれをずっと目につくところに飾り続けていたのだ。

母は埼玉の団地で一週間暮らすと、山荘に戻ってきた。七千万の残金は六千九百八十万になっていた。

二十万しか消費しなかったのだ。

なぜ戻ってきたのか？ 山荘には残りの覚醒剤を置いてきたからだし、また父が庭先で「待っている」からだ。

母は山荘の前の箱にかけたビニールシートをとった。

白骨になっていた。

まだ虫はたくさんいた。母はバルサンを買ってくると、死体の上で発煙してから、ビニールシートを被せた。

山荘のポーチに座ってぼんやりとする。

虻《あぶ》が飛んできてまた去っていく。

地球は自転していて、朝がきて、昼になり、夜になる。それの繰り返し。

八月は終わり、九月になった。

長い雨が降った。

母はじっと山荘のベッドに寝そべっていた。

何をしようとも思わなかった。捕まっても別にいいと思っていたが、自首するつもりはまったく起きなかった。

覚醒剤は減っていく。せいぜいが来年までになくなるだろう。もしもこれがなくなったら――。

どうしたらいいのだろう。

売人を自分で探して、買うか。

もちろん六千九百八十万もあるのだから、可能だろう。

だがいったんルートを確保したら、六千九百八十万は概《おおむ》ね、覚醒剤に消えるだろう。

金が全てなくなるのは、五年だろうか。十年だろうか。いやもっと持つかもしれない。十五年？

それまでにはきっと捕まる。自分は愚かだという自覚がある。いや、捕まらないかもしれない。捕まらなかったとして、じゃあ、それからどうする？　五年後。十年後。

十五年後、金を使い果たして、薬が買えなくなって、それからどうする？

十月になると母は、人探し専門探偵を見つけて電話をかけた。息子を探して連れてきてほしいという依頼をするためだ。

6

「というわけなのね」母はいった。

あらかた話を聞き終えたぼくはコーヒーを飲んだ。

父の山荘だった。

衣装箱には骨が収まっている。頭蓋骨《ずがいこつ》はこちらを向いている。母が向けたのだ。父にも息子が見えるように、と。

「早く捨てなよ、この骨」

「夜になると毎晩家のまわりを歩きまわるよ」

「それはさ、覚醒剤の幻覚」

「ああ、はいはい、たぶんそうなんでしょう」遮るように母はいった。

ぼくが何かいおうと口を開きかけたところで、母は床に置いてあるボストンバッグを蹴《け》った。

ぼくはボストンバッグを開いた。札束が詰まっていた。

「あなたのよ。六千万あるから持っていって。呼びだした用事はつまり、これを渡すこと」

　胃がきゅっと痛くなった。

「なんで？」

「もう私はいいから」

「自首するの？」

　答えはなかった。

　怖かった。

「じゃ、これもって警察行く。警察に行って全てを話す。これはぼくのものじゃない。犯罪者の金だ。母さんは殺人罪でまた服役することになるけれども、情状酌量もある。そのほうが母さんのためにもいいんだ。また麻薬から離れられるし、六十歳ぐらいまでには出所できるだろうし、そっちのほうがいい」

　母は、本当に最高の冗談を聞いたとでもいうように、笑い始めた。

「好きにすればいいわ！　そのお金はあなたのものだから！　好きな女の子にまるごとプレゼントするもよし！　それで盛大に焚火《たきび》をするもよし！　警察が好きで好きで仕方ないなら警官にプレゼントしたら！　そうしたらご褒美に、警察はマスコミに流して、あなたの両親がどれほど狂っているか派手に報道してくれる。あなたは路頭に迷って涙目でよろよろと道を歩くはめになる。そこに警察がやってきてこの不審者め、とあなたに冤罪《えんざい》でもなすりつけて逮捕するでしょうね。そのとき喉《のど》から手がでるほど六千万が欲しくなるでしょうけど、正義を果たしたんだから納得できるわよね。私はそれでいいですとも！　私の知ったこっちゃないわ！」

ぼくだって、本気でいったわけではない。母がどう反応するのか試しただけだ。でも——人は正義に則《のっと》って生きるべきだとも、考えている。

ぼくは父とも母とも違う人間なのだ。遵法《じゅんぽう》精神も普通に持ち合わせている。

きちんと毎日働いて、給料をもらっているし、暴力も盗みもしたことはなく、しようとも思わない。この世で一番恥ずべきことは人を騙して金を得ることだ。

だが、よくわからない。

大金には、何がしかの魔力があるのか、バッグを見ていると常に間違ってきた母が、今回ばかりは正しいような気がしてくるのだ。

六千万は、父のものだ。それならば、父の死後、母の承認によってその遺産を息子が継ぐ、というのはあながち間違ってはいないのではないか。

いや間違っている。

倫理や正当性を追求するなら、それこそ申告だの相続税だのといった手続きをしなくてはならないし、それよりも先に、母を告発するのが法律的な正しさではないのか。

　ぼくは徐々に混乱し始めた。

「だって、この金もって俺がここから逃げても捕まるよね？」

「どうして」母が眉《まゆ》をひそめた。「誰が捕まえにくるの？　銀行に入れずに、派手に使わず、誰にも自慢したりしなければ、絶対に捕まらない。あなたがいわない限り、こいつの隠していた金が、あなたに渡ったことなんか誰ひとり知りようがないもの」

「いや、でもさ！」

　母が喋る可能性は？

「仮に私がこの件で捕まっても、そんなお金があったことなんかいうはずないじゃない。いったところでなんのメリットも私にはないんだから」

　母はぼくの懸念を見透かしたかのようにいった。

「お母さん、死ぬの？」

　ぼくはおそるおそるきいた。

　まだ四十代の後半で、大金を譲渡しよう——などという人間は聖人か、これから死ぬ人間かのどちらかだ。

「さあ？」母はいった。「人間はいつか必ず、全員死ぬのだけども？」

「自殺するの？」

「さあ？」母は薄く笑った。「そんなこと、あなたに関係ないわ。私の人生なんだから」

　母は腕を組んで、誇らしげにいった。

「そんな話はどうでもいいから、あなたが選びなさい。お金をもっていくのも、もっていかないのも、警察に駆け込むのも、駆け込まないのも、すべて自由。あなたの人生経験で、後悔のない判断をしなさい」

　ぼくは舌打ちした。

「骨はどうするの？」

　母は微笑《ほほえ》んだ。

「ここに置いておくのは問題ね。私が全国に撒《ま》くわ」

「正気なの？」

　軽自動車の長い旅。日本全国、あちらにひとつ、こちらにひとつ。この川にひとつ、この橋からひとつ。

「お母さん、旅行大好きだもの」母は目を見開いた。

　小さな間があった。

ぼくは十分間ほど考えた。長い十分間だった。それから母にいった。

「とりあえず、バッグ、もっていくよ」

「それが正解だと思うわよ」


母は駅まで車で送ってくれた。

父の形見に骨の欠片《かけら》を持っていくかときかれたので、いらない、と答えた。

母は本気か冗談か、悪魔の骨なんて一生手に入らないわよ、といったが、ぼくは、声を荒らげて、いらない、といった。

「連絡先は」

「交換しないほうがいい」母はいった。「お互いのアドレスがスマホにもどこにもないというのが、私たちが会っていない証拠」

「また探すのに探偵雇うわけ？」

母は黙って微笑んだ。

母は改札口までついてきて、ボストンバッグをもったぼくに手を振った。過保護な母親に育てられた世間知らずの子供みたいで恥ずかしかった。

ぼくは新幹線の中で、ボストンバッグを抱きしめた。

流れ去る景色を見ていると、哀しくないのに涙がでた。

母はいつだって間違っている。そしてぼくも間違っている。

そしてそのときから、ぼくは糸の切れた凧《たこ》のように人生をさ迷っている。

ぼくは倉庫の仕事をやめ、失業保険を申請し、アパートを引き払い——かつての日常を後にした。

国外の消費は目立たないと思うので、できるだけ海外にでた。

インド南部の山小屋で夢を見た。

夢の中で、母は、両脇にアサガオの咲く道を、骸骨の父と二人で歩いていた。

それは狂おしいほど滑稽で、そして哀しい印象の夢だった。

ぼくはバックパックを背負って高地を歩く。

きっと今頃父は全国に拡散しただろう。

母がその後どうなったのかは知らない。

やがて夕暮れが夜に

1

全《すべ》てのはじまりとなった事件のあらましは、こういうものである。

津垣《つがき》みつるは十六歳だった。

高校には行っておらず、日々をぶらぶらと過ごしていた。

五月中旬の暖かい日、みつるは、川沿いの公園に、三歳年下の松葉太《まつばふとし》を呼び出した。

中学一年生の松葉太は、地味で小柄で大人しい子だった。親がどこぞの会社の社長らしく、近隣では豪邸と呼んでも差し支えのない邸宅に住んでいた。

およそ最初のつきあいが始まったのは、まだ松葉太が、小学生のときで、その頃はゲームソフトの貸し借りといった他愛もないものだった。

しかし成長するうちに津垣みつると松葉太の関係は変じ、みつるは、いろいろ言いがかりをつけ、「もしもおまえが誰かにからまれたら、俺の名前をだしてもいいという代金」などといって、松葉太を呼び出すごとに、一万円、あるいは二万円を払わせていた。また時には「将来利子をつけて返す金」などといってまきあげることもあった。

しかし、その日は様子が違っていた。現れた松葉太の隣には、なぜか呼んでもいない中学生が立っていた。

「おまえは関係ないから帰ってろ」

みつるは凄《すご》んだ。だが、その中学生は、首を横に振った。

「関係あるよ。太は、ぼくの友達だ」

「舐《な》めてんのおまえ？　東二中だったら、新里《しんざと》とかいんべ。教育させんゾおら！」

新里というのは彼らが在籍している中学校の三年生の名前だ。

「知らないよ。それこそ、その人は今、関係ないだろ？」その男の子はいった。

その男の子の名はエリオ。

みつるとエリオは相対した。エリオの背後に三歩下がったところで、太は無表情に立っていた。

最初にパンチをくりだしたのはみつるだった。

十六歳のみつると、ほんの少し前まで小学生だった十三歳のエリオの喧嘩《けんか》は、すぐに決着がついた。

　みつるが負けたのである。

一つに、エリオはずば抜けて運動神経のいい子で、日々サッカー部で体を動かし、筋肉を鍛えていた。

またもう一つに、みつるは筋力や格闘能力が秀《ひい》でているわけでもなく、弱いものいじめしかしたことのない男だった。体格には差があった。みつるのほうが大きかった。それでもエリオのほうがずっと強かったのだ。

　みつるはもう金銭せびりはしないと誓うことになった。

　エリオはみつるにいった。

「三歳も年下の子からお金をまきあげるなんて、恥ずかしいことだよ。あなたは今までにまきあげたお金を松葉君に返却してください。あとこの件は警察に話す。犯罪だ」

　みつるがこれまでに松葉太からまきあげた総額は百万円を越えていた。

「太がいいってんだから、いいだろうがよお！」みつるはエリオを見ることができずに地面に向かって吠《ほ》えた。

エリオは軽蔑《けいべつ》しきった顔で松葉太を促し、その場を去った。

先輩の面目丸つぶれだった。

二人が去った後、みつるは鞄《かばん》からナイフをとりだした。なぜ喧嘩の最中にそれを出さなかったかといえば、とりだす間もなくやられてしまったからだ。

猛ダッシュで、追いかけた。そして勝ち戦の余韻に浸っているように見える二人を見つけ、エリオの背中に追いつくとぶすりと刺した。

住宅街の中にある、お稲荷《いなり》様をまつった小さな社《やしろ》の前だった。

エリオはその瞬間、松葉太を押して叫んだ。

「太、ごめん、ぼくのヨミが甘かった。すぐにあそこに走って警察を呼んできて」

「何を余裕こいてんだテメエ！」みつるは喚《わめ》いた。

振り返ったエリオの腹をずぶりと刺した。

松葉太が蒼白《そうはく》な顔で軽食屋に飛び込み、軽食屋のおばさんが警察と救急車を呼んだ。

まず救急車がきた。エリオを担架にのせている最中に、パトカーも到着した。みつるはもう逃走していた。

2

人生は一瞬にして変わると、あかりは思う。生者から死者へ、あるいは加害者へ、被害者へ。こうだと思っていた将来が消え失せ、積み重ねてきたものが全て無効化するときがある。

その日がそうだった。

あかりは学校帰りにチェーンのコーヒー店で友人たちと他愛もない話をして時間を潰《つぶ》した後、家に帰り、自室で『絶対実力ＵＰ　受験にでる英語長文』を開いていた。

あかりは高校三年生で、四年制大学への進学を目指していた。受験生である。

窓の外はもう暗かった。

来年の春には入試か、と思うとため息がでる。

じきにくる夏休みは勉強して過ごすべきなのだろう。しかし二度とこない高校最後の夏休みなのだから、思い出作りもしたい。どうも十七歳が人生最良の時間のような気がしてならない。高校を卒業して女子高生でなくなってしまうことに恐怖がある。

パトカーのサイレンが聞こえ、遠ざかっていく。

その後、静寂が訪れた。

家は妙に静まっていた。

もう夕刻なのに、誰も帰ってこない。父親がいないのはいつものことだが、母親がいないのは珍しかった。いつもなら食卓に書置きがあるが、それもない。弟のみつるも帰ってこない。

もっともみつるは家にいてもどこにいてもろくなことをする男ではない。数ヶ月前から、お小遣いの範囲では買えない妙に高価な時計やら、靴やら、たくさんのゲームソフトやらを、まるで見せびらかすように入手している。

それはともかく、今日は少し変だ——微《かす》かな違和感。

携帯電話のメール着信音が鳴った。

母からだった。件名は〈大変です〉。

いやな予感とともにメールを見た。

そして低い呻《うめ》き声をあげた。

毛穴が開き、汗が噴き出てくる。

弟のみつるが中学生を刺した、とそこには書かれていた。

十六歳無職の弟が。

——今、警察署にいる、今晩は夕食を作れない、気を確かに持って、今後のことを話し合いましょう——。

その晩、深夜二時に、みつるに刺された遠野《とおの》英理夫、十三歳が病院で死んだ。

しばらくの間、ニュースもワイドショーもずっとこの事件を報道した。テレビでは人物相関図が作られ、タレントたちが意見をいった。

話題の一つ目は、無職少年Aが逃走していることだった。駅前の防犯カメラで姿が確認されているが、その後の足どりがつかめない。

しかしこの事件が同様の少年事件に比べて大幅に注目度が高かったのは、殺された被害者の中学生、遠野英理夫のスター性にあった。

続々と写真が公開される被害者エリオは、希《まれ》に見る美少年だった。

彼は喧嘩などする粗暴な男の子ではなく、むしろ全く逆の子だと小中学校の担任の教師は証言した。運動神経が良かったエピソードはいくらでもあった。運動会での活躍、市の陸上百メートルと、水泳の自由形五十メートル記録保持者。サッカーでの素晴らしい活躍。更に、学年で席次が一番という成績優秀ぶり。それでいて傲慢《ごうまん》さのかけらもなく、誰とでも仲良くしており、虫の好きな男の子と昆虫採集にでかけたり、ギター片手に、ピアノが上手な女の子とクラスメートの前でジャムセッションをしたりと交友の幅は広かったという。家族はエリオがでてくる無数の動画を保有しており、それらが追悼であるかのように次々に公開された。

エリオがクラシックギターでオリジナルのインスト曲をつまびく動画が全国のお茶の間に公開された。動画は小学六年生のときのものだが、初心者以上の演奏だった。テクニック的にどうこうというより、哀感があって美しい曲だった。文武両道タイプだが、サッカー選手やミュージシャンが夢というわけでもなく、本人は生物学者になりたがっていたという。小学校の卒業文集にも生物を研究したいとあり、心の比重はむしろ科学にあったようだ。

多才なだけではない。彼がいると、クラスのいじめがなくなるというエピソードがあった。クラスはエリオという存在に照らされ結びついていたらしい。彼は運動が好きな子にも、絵が好きな子にも、大人しい子にも、騒がしい子にも、そして教師にすらも、大きな影響力を発揮する希有《けう》な存在だった。

彼がみつるに立ち向かったのは、学友の太を救うため、ただそれだけだった。

インターネット上では、ほどなくしてエリオのファンサイトがいくつも立ち上がった。

事件から五日後のことである。

みつるはまだ逃走中だった。

あかりは不思議な夢をみた。

夢の中であかりは、西日のさす、電車に揺られていた。

その電車は、普段乗っているものとは異なっており、なんと全ての窓に硝子《ガラス》がはまっておらず、風が吹き込んでいた。

窓の外にはどことも知れぬ田圃《たんぼ》と住宅街の風景が流れている。がらんと広がった車内では、つり革が風に揺れている。

座席にエリオが座っていた。車内にいるのはエリオだけだった。

あかりはエリオの隣に座った。

「これから大変になるよ」

少年はいった。

あかりは少年の美しい横顔をみた。

「理屈の通じない、悪いものが暗闇《くらやみ》で目を覚まして、外にでてきた」

あかりはなんといったらいいかわからなかった。ただ、この電車はどこか美しい岬に向かっていると思った。〈悪いもの〉がでるのは、自分の住む町で、この電車に乗っていれば安全だと思えた。

「生きるなら、できれば逃げて——悪いものが暗闇に戻っていくまで、待つしかないと思う」

「大丈夫だよ」夢の中のあかりはいった。

現実のエリオにあったことはなかったが、夢の中では仲良しの同級生のように親密だった。

「私はあなたと一緒に行く」あかりは宣言した。恋の告白に近かった。

「帰りたくないってことね」エリオは薄く笑った。

その通りだった。戻りたくなかった。この電車でエリオの行くところに行きたかった。

「私、関係ないもの。そんな悪いものとも、怖いものとも。一緒に行くの。そう決めた」

「でも、そういう風にはできていない」

「そんな関係ない」あかりはエリオの手に自分の掌《てのひら》を重ねた。エリオは手を握った。

「頑張って。先輩。生きているんだから、生きなくちゃ」

どこともしれぬ無人の駅につき、あかりは降りたおぼえがないのに、ホームに立っていた。電車のドアは閉まり、後には何もない。

目が覚めると大いに困惑した。胸が苦しくて死にそうだった。自分の心に何が起こっているのか、理解できていた。どうして好きになるわけ？　あかりは首を横に振った。

先輩、と彼はいった。ああそうだ、私は先輩だ。ただの夢じゃないか。

それからできる限りエリオのことを考えないようにしたが、エリオに対する思いは理性で振り払ってもどうにもならないものだった。

本来なら遮断したいような弟の事件の報道も、被害者のエリオ目当てで見てしまい、そしてエリオの写真や動画がでてくると、胸がはしゃいだ。

そしてまた、そういう自分を冷静に苦々しく見ている自分もいた。

土方歳三や真田幸村など、歴史上の有名人に恋をするのに近いのかもしれない。だが、こうまで切実で狂おしい気持ちになるものなのだろうか。

事件まで、あかりにはつきあっている一つ年上の先輩がいた。事件をきっかけに、その男はただの一つの慰めの言葉もいわず、君子危うきに近寄らずとばかりに離れていったのだが、むしろほっとした。胸中はもう死者に対する恋心で占められてしまっていて、その先輩にはなんの執着も湧《わ》かなかった。

エリオのことが報道されるのに並行して、あかりの家は、何度もカメラにさらされ、リポーターからマイクを向けられた。なぜこんな事件が起こったか困惑し義憤にかられていますとでもいった表情をはりつけて彼らは現れた。だが、カメラがまわっていない時にはガムを嚙《か》みながら談笑していた。

父親があまりにもしつこくつきまとうリポーターに「毎日毎日、よくがんばるねぇ。あんたらに関係ねえだろ、どっか行ってくれよ、迷惑なんだよ迷惑」とうるさそうにいった。その部分だけがテロップ付きで何度も繰り返し報道された。自分の子供が大それたことをしでかしたのに親が開き直っている最低の家族だという世評が構築された。

父親が外で女を作っていることまで週刊誌はつきとめ、書いた。この親だから、こういう家庭環境だから子供が殺人を犯すのだ、と、教育評論家が論じた。

攻撃が始まった。

家にはゴミが投げ込まれ、窓硝子は割れた。壁にはスプレーで酷《ひど》い文句が書かれた。通りを歩いていると、露骨に罵倒《ばとう》されるようになった。たとえば部活帰りらしいジャージ姿の高校生集団がいきなりあかりにいった。

「お〜いクソブス！ おまえだよ、ちょっとこいよ！ ぶち殺してやるからちょっとこいよ！ おまえの弟に伝言があるからよ。おい逃げんのかよ、無視してんじゃね〜ぞ、てめえの家族がやったこと責任とれよ、おい」

家の庭にこれまた見知らぬ中学生ぐらいの子供が五人ほど侵入したこともある。植木鉢をひっくり返したり、壁を蹴ったり、自転車を道路に投げたり、ポストに飛び蹴《げ》りしたりと、破壊活動を始めた。

あかりは二階のベランダからそれを見て警察を呼んだが、警官が到着したときにはもう彼らの姿はなかった。ただ荒らされた庭だけがあった。

二十代前半ぐらいのスーツ姿の若い女が家に投石をしてくるのを見たこともある。その女は自転車を家の少し手前にさっと停めると、石を投げつけて去っていった。石は窓硝子を割った。

これもまた警察は話をきくだけで犯人を捕まえてくれることはなかった。

隣に住んでいる老人は、あかりが小学生の頃から顔をあわせれば挨拶《あいさつ》していたが、おはようございますと声をかけても完全に無視するようになった。

事件から十四日後だった。大阪の路上でみつるは逮捕された。

顔を見てぴんときたネットカフェの店員の通報で捜査員がかけつけたのだ。ちょうどネットカフェをでて歩きだしたところで囲まれた。

みつるは捜査員に囲まれると、抵抗もなく手錠をかけられた。

逃亡中は、ＡＴＭで引きだした貯金二十一万円を、ちびちびと使う日々だったと語った。

その金は松葉太から徴収した金にちがいなかった。

みつるが逮捕され、二ヶ月が過ぎても、攻撃は終わらなかった。無言電話が一日に何十本もかかってくる。ポストに怪文書が入っている。

エリオが刺された場所には、献花台が路傍に置かれ、大量の花束が捧《ささ》げられていた。

しかしあかりの目には、エリオではなく、邪《よこしま》な神を祀《まつ》っているように見える。

そこには何かがいた。弟の事件前には存在せず、弟の事件後に目覚めた凶悪な気配がその道に確かにあった。

あかりはもう足が竦《すく》んでその忌《い》まわしい道を通ることはできなくなった。

彼氏だった先輩が素早く去ったのと同じく、高校の友人たちもあかりから距離を置くようになった。誰もあかりを誘わない。あかりが顔をだすとなんとなく気まずそうに視線をかわしあい、静かになる。あかりが去ると、急に話が盛り上がるようで笑い声が爆発する。

高校からの帰り道だった。

〈こいつで間違いないよな〉という会話がふとあかりの耳に入った。

次の瞬間、いきなり頭をばしん、と強くはたかれた。

数人の若い男女だった。全員白いマスクをしていて、帽子を被《かぶ》っていた。

「いってえな！　ふざっけんな！」あかりは怒鳴った。ひっきりなしに続く嫌がらせと、同級生たちの冷たい疎外《そがい》に、腹の底に暗いものがたまっていた。

「んだこいつ！　全然反省してね～！」

自分を囲んだ誰かがマスク越しのくぐもった声でいった。

「いてえじゃ済まねえんだよ、死んだ奴《やつ》は！」

襟首をつかまれ転ばされる。

ほぼ間違いなく、彼らはみつるの凶行に関連して現れたのだろう。犯行に全く荷担していない自分が、何をどう反省しないとならないのか意味がわからなかった。反省とやらをしようがしまいが、この暴行が正当化されるはずもないのだが、執拗《しつよう》に姿を変えては現れる〈悪いもの〉に理屈は通用しない。

白昼堂々の数分の暴行だった。ちょっとあんたたちやめなさい！　という親切なおばさんの金切り声で、彼らは蜘蛛《くも》の子を散らすように去っていった。

あかりが全身あざだらけで顔を腫《は》らして帰ると、何やら食卓で話しあっていた両親は、大慌《おおあわ》てで病院に連れていってくれた。もちろん警察も呼んだ。

あちこちに内出血をしていたが、命に別状はなく、病院で手当を受けてから家に帰った。

これからどうするか、を両親が話した。

このままここにいては、身の危険があるし、心を病む可能性がある。家が売れるのを待たずに、即座に別の場所に引っ越す。

しかし、家族は全員一緒には暮らさない。

これを機に一家は解散し、別々に暮らすことにするという。

「離婚するの？」

あかりがきくと、父親は頷《うなず》いた。母親は目を逸らした。

「だってしょうがないよ、もう他に方法がない」

しょうがない、は父の口癖だった。何か問題が生じると必ず口にだす。

家族はずいぶん疲弊していた。みつるの事件以来、両親は週刊誌で、息子がああなったのは家庭環境や偏《かたよ》った教育が原因だという論調で叩《たた》かれ続けてきた。父親の不倫も暴《あば》かれた。そもそもが言い争いの多い葛藤《かっとう》家庭で、事ここに及んでは修復不能だった。

事件さえ起こらなければあかりは進学を予定していた。高校は偏差値の高い進学校だったし、模試の成績では有名大学も視野に入っていた。だが、弁護士の費用などで、彼女の進学にかける金はもうないと告げられた。

叫びだしたいものがあったが、叫ぶことなく受け入れた。命を失った中学生のことを考えたら、進学が阻《はば》まれた如《ごと》きのことは小さい。

もう十八歳で来春には高校を卒業する。この年齢で両親から独り立ちすることは異例の困難というものではないだろう。むしろ毎日のように両親の言い争いを聞かされることもなく、いつか戻ってくるみつるとも縁が切れ、自由になるのは、必ずしも悪い選択ではない。大学だってどうしても行かねばならぬという思いがあったわけではない。

3

一時的に隣県にアパートを借り、一人暮らしが始まった。隣県の高校に転校し、高校だけは無事卒業した。そして両親とは疎遠になった。

逮捕から半年後、みつるは家裁から検察官送致という流れで起訴され、刑事裁判を受けた。裁判での言葉は、言い訳がましく、ずいぶんピントがずれていた。あなたの後輩にあたる少年の命を奪ったことについて反省していますか、という裁判官の問いに、仕方がなかったことだと思います、と答えた。その一方、殺意はなかったと主張した。〈殺人〉より刑の軽い傷害致死の判決を狙《ねら》っての発言であることは明らかだった。

少年院ではなく、少年刑務所にて服役し、社会に戻ってくるのは十二年後という判決がでた。

エリオの両親は報道陣に「死刑にするべきだ」と発言した。「たったの十二年で反省する保証はどこにもない。あの男が外にでたら、次の犠牲者が十二年後にでるだけだ。エリオが死んだ意味が全くない」

親と離れ、高校も卒業したあかりは、まずは埼玉県の家具販売店に就職した。

もちろん、あの事件の犯人の姉、とは誰にも話さなかった。

そこは地元ではなく、自分のことを知る人間は誰もいなかった。そして同僚たちはみな他人にあまり関心を抱いていないようだった。それはあかりにはありがたいことだった。

仕事を通じて友人もできたが、家族の話は避けた。弟のみつるの事件でどれだけ人から迫害されたかを思い出せば、黙すことは当然だった。同じ苦痛を知らぬ人に、同情されたり励まされたりするのもまっぴらだった。

苗字《みょうじ》は津垣から、母方の姓である藤本《ふじもと》を名乗るようになった。

家具店で働き始めて半年ほどした頃、父親から電話がかかってきた。

最初は近況報告だったが、父はあかりに妙な探りをいれてきた。

「最近、父さんの暮すマンションにきたか」などときく。最近も何も父がどこに住んでいるのかも知らないし、行く理由もない。「母さんは父さんのマンションに行ったっていっていた？」「知らないよ」あかりは答えた。「母さんとも連絡をとっていないもの」

ふうん、と父はため息をついた。

「最近、おまえのところに何かがきたりしていないか」

何かって何？ ときいたけれども、変わりがないならいい、と慌てたようにいった。

その電話から半年後に、今度は母から電話があった。

それは『お父さんは死んだ。誰かに首を絞められて殺された。葬式をするので出席すべし』というものだった。

ジョギング中の老人が、公園の植え込みに倒れている父を発見したという。病院に運ばれたけれど、もうこときれていて、顔には殴打の痕《あと》があり、首に紐《ひも》のようなもので絞められた痕があったという。

あかりは呆然《ぼうぜん》とした。

犯人は？　ときくと「警察が捜査中で、わからない」という。

「あなたのところにも刑事が行く」と母はいった。

あれよと思う間に、呼び鈴が鳴り、あかりの暮らすアパートに刑事がきた。いろいろ話を聞きたいというので、警察署に行った。両親に対する感情や、父が死亡した日にどこにいたのかなどを詳しく質問された。

知っている限りのことを答えた。

どうも自分は容疑者候補のようだと刑事の雰囲気で気がついた。

あかりは父が死んだ日には家具店にいた。

警察はアリバイが事実であると確認すると、実子が怨恨《えんこん》や、遺産目当てに殺害というストーリーを捨てた。

どこかに勤めているということは、ずいぶんな信用になり、いろんなことを証明してくれるものだなとあかりは思った。

葬儀を行い、相続関連の整理もあって、父が交際していたチリ国籍の女と会った。そこそこに若いヒスパニック系の女だった。福生《ふっさ》市に住んでいて、ボウリング場で父と出会ったという。

父の交際相手は、父の死にあまりショックを受けている様子はなかった。

「警察はまだ私疑っているから、なんとかしてほしいね。私じゃないよ。私もアリバイあるのに」

父の部屋にある遺品の処分の話などをしながら、死ぬ半年前に、父から何か探りをいれる電話があったことを話題にしてみた。チリ人の女は、ほんの少しなまりがある流暢《りゅうちょう》な日本語で、

「タケゾウさん、自分の部屋に留守の間に誰かが入ってきたみたいだな〜って、心配していたんだよ。そのときは勘違いかもしれないっていってたけど、今考えると、勘違いじゃなくて、タケゾウさん殺した犯人が入ってたのかもしれないよね、許せないよ、警察にいわないとだめよ」

といった。

もちろん警察にはとっくに話していたことであった。

父が死んだことにより、あかりは遺産を引き継いだ。普通預金で約五百万。母は、離婚時に既に資産を分割しており、娘がそれを受け継ぐことは了承済みだった。ずいぶんあるとは思ったが、家と土地を売った金だろう。

預金以外の遺産として引き継いだのは、山林の登記簿だった。父は山林を持っていた。

幼い頃見に行った記憶がある。うろおぼえだが、そこは実になんの魅力もない木が生い茂る斜面だった。

葬儀が終わって三ヶ月もした頃、アパートの部屋の鍵《かぎ》が、閉めたはずなのに開いていた。

ひやりと背筋に冷たいものを感じながら、おそるおそる中に踏み込んだ。

あっと目がちゃぶ台に釘付《くぎづ》けになった。

冷蔵庫の中にあったはずの、酢や、醤油《しょうゆ》瓶や、ケチャップやマヨネーズが綺麗《きれい》にちゃぶ台の上に並べられていた。

自分がやったおぼえは全くない。

あかりは悲鳴をあげ、すぐに警察を呼んだ。

かけつけた警察官二名に事情を話した。

警察官はメモをとってきいてくれた。

「侵入者に誰か心当たりのある人はいますか？」

長い説明となった。自分は遠野英理夫殺人事件の加害者の姉であること。以前の住居で暴行や嫌がらせを受けたとあかりは話す。父も何者かに殺されていること。警察官は何度も頷いてきいた。

「今のところはその〈置いたはずのない酢や醤油がちゃぶ台の上に載っていた〉だけですか？」

「はい」

あかりはふいに悟った。

警察は私を護《まも》ってはくれないし、犯人も捕まらない。

かつて私の家の窓を割った女は捕まったか？

かつて私の家の庭に侵入した中学生たちは捕まったか？

かつて私を暴行した、男女数人は捕まったか？

被害届は出している。だが彼らは捕まっていないのだ。父を殺した犯人ですら。

〈ちゃぶ台の上にケチャップや醤油瓶を移動させた犯人〉が捕まるはずがないではないか？

おそらく捜査すらしない。

あかりは警察官が帰った後、自分が深刻な状況にあると自覚し、すぐに引っ越しをした。

4

そこからまた一年が過ぎた頃、家具店で、同僚の販売員である田川《たがわ》さんに呼び止められた。

田川さんは、黒く長い髪に、細身で目鼻だちの整った三十代女性だった。独身で、妙に神経質で刺々《とげとげ》しく、他者に対して不寛容な性質で、男女双方の社員から距離を置かれていた。

あかりはこのときまで田川さんと口をきいたことはほとんどなかった。

「津垣さあん」

田川さんは目を爛々《らんらん》と輝かせながら、あかりを呼び止めると、一呼吸おいて、甘えたような声でいった。

「わたしイ、エリオ君のファンなんですけどお」

「はい？」

唐突すぎてどう反応すればいいのか全くわからなかった。タガワサンハエリオクンノファン？

「いいですよねえ？　エリオ君って」田川さんの口元には張り付いたような微笑が浮かんでいた。その目はあかりの様子を窺《うかが》っている。

「あ〜ん、エリオ君、なんで死んじゃったんだろ〜」

沈黙するしかなかった。田川さんはあかりの脇《わき》をすり抜けると店内の持ち場へと去っていった。

動揺は遅れてやってきた。

なんだったんだ、今のは？

田川さんは、現在この職場で名乗っている〈藤本〉ではなく、事件の時の苗字〈津垣〉さんと呼んだ。

一度も事件の話はしていない。この職場では加害者の姉と知られたことはない。それとわかる情報を仄《ほの》めかしたこともない。

なぜ知ったのだろう。わからない。

面接時に提出した履歴書は、ファイルされ保管されている。出身中学も書いてある。懇親会で家族構成についてきかれたときは適当にごまかした気がする。情報の小さな断片の積み重ねで、人事担当の誰かが思い当たり、田川さんに漏らしたのだろうか。

田川さんの態度には悪意を感じたが、どうすることもできなかった。私はエリオ君のファン。彼女がいったのはただそれだけなのだから。私だってファンだよ、と思う。
彼を嫌いな女の子っているの？

田川さんはその後何もいってこなかった。ただ、時折、冷淡で意味ありげな笑みや、憎しみのこもった視線を向けてくる。あかりは次第に職場の仲のよかった社員にも、微妙な態度の変化を感じ始めた。距離を置くような、様子を窺うような——ちょうど高校の友人が事件の後、離れていったときを思い起こさせた。

田川さんが、「あの藤本さんって子、実はね」と、犯罪加害者の姉だと広めているのだと思った。

ある日、仕事を終え、アパートの部屋に入ると米が床にぶちまけられていた。もう前回ほどには驚かなかった。あかりは侵入経路について考えた。引っ越してからは四階なのでベランダではないだろう。ピッキングで開けたか、鍵の知識があるか、あかりの持つ鍵を盗んで複製を作ったか。警察はいつぞやの犯人を特定してはくれなかった。もちろん「床に米を散らかした犯人」だって捜査しないだろう。そうはいっても通報はすることにした。待っている間、また引っ越しすべきかとうんざりした。

田川さんが米を床にぶちまけたのだろうか？

そうかもしれないし、そうでないかもしれない。

正しく生きているのに、どこからともなく悪意が忍び寄ってくる。

一週間後、呼び鈴が鳴り、玄関のドアを開くと、大家が立っていた。白髪の老人だ。サンダルにジャージ姿で面倒くさそうに、そして苛立《いらだ》った口調でいう。

「いやあのね、うちのポストに変な手紙入っていてね。なんかね、藤本さんがね、殺人者の一家だとかなんだとかいう怪文書でね」

「それ、警察にいいました?」あかりはいった。

「困るんだよねえ。そういう人は困るんだよなあ。うちはね、ハンシャとか一切貸さないんだ」

ハンシャとは反社会的勢力のことであろう。

「だってそういう人だって事前にきいていないじゃない」老人はぶつぶつ独り言のようにいった。「契約違反だよ、そんなんだったら貸さないわけで」

「私、そんなんじゃないですけど」あかりはいった。実のところ「そんなん」なのかもしれないが、自分になんの咎《とが》があるのか。咎めるべきは怪文書の差出人で、自分ではなく警察に話すべきことだ。

「そんなんじゃないって、そんなんじゃないならまあいいんですけど、普通に生きている人には起こらないことなんでね。今後こういうこと続くと嫌なんですよ。とにかくもめ事のないようにお願いしますよお。家賃さえ払えばいいって最近の若い者は思っているのかもしれんけんね、最近の若い者はほら、コミュニケーションをきちんとする教育を受けてきていないから」老人の話は徐々に「最近の若い者」に対する憤懣《ふんまん》に移っていき、何について話しているのかよくわからない破綻《はたん》した説教を三十分ほど玄関口でしてから去っていった。

5

翌年の初夏のことだった。

あかりは父から受け継いだ山林に向かった。そこは東京ではなかった。群馬県の二車線の国道が通っているトンネルの上の小山だった。

国道から見上げるトンネルの上の山には鬱蒼《うっそう》と樹木が茂っていた。

周辺には雑木林と、資材置き場、そして潰れたレストハウスの廃屋があるだけで、民家はなかった。

あかりは地図を見ながらトンネルの上に登る道を探した。国道から細道に入っていくと、トンネルの上に向かうコンクリートの階段があった。

微かな既視感があった。大昔、まだ小さな頃、親と一緒に一度だけきたことがあったからだ。

階段を登っていくと小さな墓場にでた。

あかりが受け継いだ土地は、墓場ではなく、墓場の向こう側のフェンスで囲まれた森だった。

フェンスには扉があった。

開いて雑木林に足を踏み入れる。

ここから先が自分のもの。

なだらかな斜面を登っていくと、頂上近くで切り株だらけの空き地がでてきた。そこに一軒の三角屋根の小屋が建っていた。

中をのぞいて見る。薄暗い。蜘蛛の巣がはっている。無人になって久しいようだ。なんのために誰が建てた小屋なのかよくわからない。さすがに父が建てたものではないだろう。その昔の土地の所有者が建てたものがそのまま残っていたという見解でいいだろうか。

小屋の中にランプがぶら下がっている。電気はない。水道もない。畳もない。小さな窓はあるが、窓硝子ははまっていない。四角く岩で囲った場所がある。そこには灰がたまっていた。囲炉裏——的な場所らしい。

一般論的には「とてもこんなところには住めない」のだが、あかりは見た瞬間、気に入った。

初めて宿泊したのは八月の終わりで、小屋の中にドームテントを張った。

夜は雑木林で拾ってきた枯れ木を囲炉裏にくべた。炎が灯りのかわりをしてくれた。鍋《なべ》で湯を沸かし、インスタントラーメンを食べてみた。

翌日の朝、ほとんど下着同然の姿で外にでた。

他者の視線がないので、小屋の外に化粧も身繕いもせずにふらりとでていける。

切り株に腰掛けて、空の高いところを見る。

雲が形を変えながら移動していく。

エリオのことを考える。

誰も頼れず、苦しいとき、エリオのことを妄想することだけで自分を支えていた。

あのお稲荷さんのある道で、どん、と友人の背中を押して、みつるとむきあうエリオ。

流れる血。

そしてあの電車の夢。

ひどく胸苦しい。

輝く雲の隙間《すきま》の青空にエリオを感じる。

かつて嵐《あらし》にあった。そしてこの無人島に辿《たど》り着いた。そんな気がしてくる。

賃貸アパートを引き払った。持ち物はトンネル森の小屋に持ち込むか、処分するかのどちらかにした。

小屋に、エリオの写真が入った写真立てをおく。ネットで見つけて印刷したものでさほど画質はよくない。

そして隠者の生活がはじまった。

隠者、といっても、一年中、ずっとトンネル森にこもっているわけではない。

もっとずっと自由である。

春から夏まではどこかで働いている。夜の飲食店だったり、農家だったり、土産物屋だったり。

そこでは深沢夏希《ふかざわなつき》という偽名を名乗る。履歴書の提出を求められない仕事が多く、必要なときでも偽名で嘘《うそ》の経歴を書いてだす。全国各地の住み込みの短期アルバイトの常連である。

そして節目節目でトンネルの上の森に戻ってくる。

森は、秋と冬の居心地は良かった。蚊が少なくなるし、真冬は冷蔵庫がいらないので食材の持ち込みも選択の幅が広くなる。肉は切り分けてタッパーに密閉しクーラーボックスにいれる。日光の当たらない気温の低いところに保存しておけば数日はもつ。小屋の中でテントを張って寝ているので百足《むかで》が体を這《は》うようなことにはならない。また、風雨でテントが傾《かし》ぐこともない。

水は墓場に水道があればよかったのだが、なかった。しかし、小川が一キロほど先にあり、そこからペットボトルに汲《く》んで小屋まで運んで使った。ネットカフェのインターネットで調べ、大きめのペットボトルを利用して自家製の濾過《ろか》装置を作った。容器に、石、砂、活性炭、布、などを詰めるだけで簡単に濾過装置はできる。これで雨の日に外にだしておいたバケツにたまった雨水が、濾過して使えるようになった。念のため、飲料に使うぶんはできる限り煮沸《しゃふつ》した。外出時に銭湯に行く以外に、風呂には入れない。濾過した水で濡《ぬ》らした布で体を拭《ふ》いた。髪の毛は体を拭くのとは別の日にバケツにお湯をいれて石鹸《せっけん》で洗った。暖かい日なら、お湯をたくさん沸かして、ポリタンクにいれ、家の外で全裸になって生温かいシャワーを浴びた。

二年目からはドラム缶に排気パイプをつけた小さなストーブを作り、煙が室内に充満することもなくなり、壁の補修も進んだのでかなり部屋が暖かくなった。テントを張る環境としては申し分なくなってきた。

ゴミは原則埋めた。樹木がない日当たりのよさそうなところがあったので、残飯その他の有機物系のゴミは全《すべ》てそこに埋め、肥料とし、花やハーブやトマトやナスや芋を栽培した。

最初の秋にはチューリップの球根を植えたのだが、それが翌年の四月に咲いたときは本当に嬉しかった。トマトは肥料のせいかあまり良い味ではなかったが、芋は納得のいく出来栄《できば》えだった。

木樋《もくひ》を作り家の周囲の水はけをよくした。木段を作った。見栄えの悪い茂みを伐採した。鼠《ねずみ》との戦いがあった。二、三度噛《か》まれてから、家の周囲にホームセンターで買った殺鼠剤《さっそざい》を仕掛けた。

　山菜やキノコにも詳しくなった。雑木林には栗《くり》の樹《き》が一本あり、クルミの樹もあった。秋には木の実を集めたが、スダジイの実が食べられることも知った。野生の山椒《さんしょう》やミントが敷地に生えているのも発見した。外にでて河原などを歩いていると、春には食べられるものがたくさん生えていた。米を運び込み、少しずつ炊飯しながら、あちこちから採取、収穫したものや、畑で作った野菜を食べていると、お金が減らなかった。

　フェンスで囲まれた私有地なので誰も現れない。不思議である。決して良い生活ではないはずなのに、ずいぶん楽になった。

　全く人に会わない生活が一ヶ月も続くと、あかりは山をおりる。五キロほど歩いて、バス停の前にたつ。一日に三本しかこないバスに乗り、背後に山が迫る駅に向かい、電車に乗り、町を目指す。

恋人らしき男ができた。

らしき、というのは恋人の定義がわからないからだ。肉体関係があれば恋人だというのならその男は恋人で、互いに約束がなければ恋人ではないというのなら恋人ではない。

アルバイト先で知り合った中年男である。

男の前では、津垣あかりではない。

深沢夏希である。

そう名乗っているというだけではなく、深沢夏希はあかりと少し人格が違う。あかりよりもずっと陽気で人懐《なつ》っこく、よく笑い、声が高く、甘え上手で、他人に優しく、いろんなことに心が広い。

演技というほどに浅くはない。変身といったほうがいい。

深沢夏希はこの男の前で、自分は長野出身で、軽井沢に従姉妹《いとこ》が開いたレストランで一緒に働いていて、しばらく休みをもらって遊びにきていると話していた。

深沢夏希であるときは、この全くの虚構の設定を本人も半ば信じていたりする。存在しない従姉妹との、レストランでの小さな軋轢《あつれき》の悩みをため息まじりに、淀《よど》むことなく話したりしていた。

男はアパートの合い鍵をくれた。勝手に入って掃除して待っていても男は怒らない。いい男だ。一緒にいて面白いし、「人生は時々ビールで焼き肉、それでオールオーケー、それ以外は小事」という台詞《せりふ》に惚《ほ》れた。

深沢夏希は一週間なり十日なりを男のアパートで過ごす。

思うがままに、映画を観《み》たり、中華料理を食べたり、古本屋を巡ったりする。

あかりがエリオに恋をしている（ずっと好きである）のとは異なり、深沢夏希は、エリオのことをたいして好きではない。かわいそうだと思っても、人間的に惹《ひ》かれたりはしない。だって十三歳でしょ？　しかも死んでいるんでしょ。そんなのどうやったら好きになるのよ。深沢夏希でいるときはエリオのことは一切考えない。

あるとき、男との関係は終わる。

お風呂《ふろ》に入っている間、君の財布を見たんだ。

男はいう。

君の財布の中には免許証もクレジットカードもない。およそ何もない。どうしてなんだ？　今はスマートフォンの時代だ。君はガラケーすら持っていない。加えて固定電話もないという。軽井沢のお店は一体どこにあるのか調べたが、君のいう店名も同じ特徴の店も見つからない。

君はいったい何者なんだい？　ぼくには全てを話してほしい。いくらでもきく準備がある。人妻か？　暴力をふるう元彼氏に追われている？　そうしたことをぼくに話したって何の問題も起こらない。むしろよりよい未来へ向かうために協力ができる。

わかった。後で話す。煙草《たばこ》とお酒を買ってくるから少し待っていて。

彼女は彼にキスをして、彼の家をでる。そしてそのまま歩き続け、駅に行く。目についた電車に乗りこむ。いつだって別れには実感がない。これで終わり？　たったのこれだけ。

なぜ自分の全てを話さないのか。深沢夏希は、彼の前では最後まで深沢夏希でいたいのだ。

もう一つは、話したところで、彼の好奇心が満足する以外、よい結果は何も訪れないと確信しているからだ。

いい男だった。

あんたはいい人だったよ。

深沢夏希の瞳《ひとみ》に涙が浮かぶ。

あんたは私に自信をくれた。暖かい場所をくれた。人生を楽しむあなたをものすごく愛しているよ、髪の毛が薄いところも好き。だけど、私は免許証もクレジットカードもなくて、風が吹けば消えてしまう女なんだってば。

そして深沢夏希は細かい砂になって消し飛び、死者に恋する隠者の津垣あかりが現れる。

6

トンネル森にて、ある時あかりは銃声をきいた。

四発か、五発。

早朝四時だったが、真夏のことで、あたりは明るくなりつつあった。

小屋を出て、崖《がけ》の上のフェンスから下を見た。

資材置き場らしき空き地から白いセダンが走り去っていくのがみえた。

あかりは森を抜け、墓場を通り、資材置き場へと向かった。

拳銃《けんじゅう》が落ちている。

暴力団、もしくはチンピラ集団の争いではないかと思う。あかりは拳銃をそっと拾いあげると、それを持ってトンネル森の小屋に戻っていった。その日の午後には、資材置き場にパトカーが集まったが、警官たちは、よもや崖の上の森から、一人の女が自分たちを見下ろしているとは気がつかなかっただろう。

あかりは拳銃をなで回した。

これが欲しかった。もらってしまおう。

奇跡のような運の良さだ。

異常者の類《たぐ》いが出現したとき、自衛手段があるのは頼もしい。見知らぬ人間の悪意を浴びた数年間だった。父は殺されている。父を殺した存在の視線から逃れるための隠棲《いんせい》でもある。過剰な心配ではないはずだ。

装弾できる数は八発のようで、一発撃ったのか、七発が装弾されていた。

しかし、銃を小屋に置くようになってから、すぐに後悔をした。

というのも、銃把を握っていると、衝動的に自分の頭を撃ち抜きたくなるのだ。意識がそのことに釘付けになる。

死にたいと思っているわけでもないのに、銃のほうが〈ちょっと撃ってみない？〉と囁《ささや》きかけてくる。

そのうち、銃に霊気のようなものが宿り始めた気がして怖くなり、あかりは銃をビニールで包むと、小屋の外の樽《たる》の中に入れた。

これではいざという時に使えないわけで、なんのために拾ってきたのか自分でもわからなくなる。

ビジネスホテルに宿泊したときに、ロビーにあったパソコンで検索をし、父を殺した犯人がだいぶ前に逮捕されていたことを知った。

二十三歳の無職の男で、酒場で口論になり、あとをつけて公園で殺した、という。ちょうど事件から三年後の逮捕だったようだ。その頃にはもうトンネル森にいたのでニュースが届かなかったのだ。

事件から逮捕までに三年かかったのは、証拠を固めるのに時間がかかったのか、あるいは別の犯罪から芋づる式に露見したのか。そのあたりのことはわからない。

思い描いていた犯人像とは違った。自分の部屋に侵入した犯人と父が殺害された事件と、みつるの事件のどの部分をどう線で結ぶのが正しいのか、わからなくなり混乱する。

7

トンネルの上の森で暮らしはじめて八年が過ぎた。

十二月のとても寒い日だった。ざくざくと凍った落ち葉を踏む音がした。

あかりは小屋の外にでた。

男が立っていた。

「姉ちゃん」

みつるはいう。

「出所したんだ？」あかりは答える。

懲役十二年は過ぎたのだ。

「この場所はどうやってわかったの？」

「なんでこんなところに住んでんだよ」みつるはあかりの質問には答えずに、小屋を顎《あご》で指すと、呆《あき》れたようにいった。

「ここなら、安全だから」

「何から？」みつるはきく。

「あんたが引き起こしたものからだよ」あかりは肩を竦めた。

みつるはへへっと笑う。

「俺、娑婆《しゃば》にでたあと、山戸《やまと》組の若頭に気にいられちゃってさ」

あかりは首を横に振った。

「自分が何して少年刑務所入ったかわかってんの？」

「あ？」みつるの顔がゆがんだ。「ああ、殺した中坊のこといってんの？　んなの関係ね～よ、しょ～がねえじゃん、やっちゃったんだから。オトコノタタカイなんだから、覚悟の上だろ？　死ぬってのはそんだけ不足してるってことなんだから自己責任だっての。だいたいさ、俺が反省したって死んだ奴生き返んないしょ。意味ないじゃん」

殴り合いで負けて背後から刃物で刺すのはオトコノタタカイなんかではない。自己正当化のためにねじ曲げて解釈している。十二年服役してもこれか。

二人の間に探るような間ができた。

「俺さ、今、総合やってる先輩からキック教わってんだよね」

弟は軽くステップを踏むと、空に向かって左のハイキックをくりだしてみせた。俺は強いぞ――俺には強い友人がいるぞ。

「オトン死んで、遺産もらったんだろ。半分よこせよ。通帳とかどこ隠してんの」

三ヶ月ほど前に戻ってきたとき、小屋に誰かが入った形跡があり、エリオの写真立てがなくなっていた。ついにストーカーがここを探りあててきたのかと思ったが、まさか弟の仕業だったか。

「あんたのぶんはないよ」

通帳はビニールに包んだ上でプラスチックケースに入れ、拳銃と一緒に小屋の外の樽の中に隠してある。

みつるは凄んだ。

「金出せよ、ないと生きていけねえだろうがよ。俺はもう普通の仕事とかできねえんだよ、おまえらと違って、限られてんだから」

「死刑になればよかったのに」

馬乗りになって殴られた。弟の手が首にかかる。苦しい。意識を失う瞬間に手の力が緩んだ。

咳《せ》き込む。弟の両目はつりあがり、何か別の生き物のように見える。

「金だよ、金。金さえだせば殺さないでやるよ」

「あそこに入ってるよ」

あかりは咳き込みながら弟に地面に組み敷かれたまま、小屋の外にある樽を指した。

弟は樽に視線を向けると、あかりから下りた。だが何か考える間を置いてからいった。

「おまえがとりだせよ！　それで、どうもすみませんでしたって、土下座して俺に渡せよ！」

あかりは地面に寝転がったまま答えなかった。口の中に血の味が広がっている。倒れたままじっと空に視線を向けた。放射状に広がる枝と冬の青空。

なんで私が土下座して渡すんだ。そんなことをするぐらいなら死ぬ。あかりは無言でじっと寝転がっていた。

みつるは舌打ちをすると荒い息をつきながら、樽へと歩いていった。

がらがらと樽を蹴倒す音がする。

あかりは目を瞑《つぶ》る。一分、二分。

それから半身を起こすと、弟がそばに立っていた。

左手に通帳と銀行のキャッシュカードが入ったビニール袋。

あかりは父親の死後継いだ遺産は全く引き落としていなかった。使わないで済む暮らしに馴染《なじ》んでいた。

みつるの右手には拳銃が握られている。

拳銃は通帳と同じ場所にあかりが入れておいたものだ。

通帳やカードを手に入れたからといってみつるが立ち去るはずがない。暗証番号（エリオの誕生日にしていた）を聞かなければ意味はないからだ。

「いいの、もってんじゃん」

みつるは銃を掲げた。

「それ、たぶん玩具《おもちゃ》じゃないよ」だからふざけないでよ。

「は？　うるせえよ、そんなの持てばわかるって。馬鹿にしてんの？　チャカぐらい撃ったこと普通にあるし。俺、銃に関してはおまえより扱いうまいよ？」

弟は早口でいう。

「弾がさ、入ってんの。装塡されてんの。危ないからやめて」

みつるはにやつきながら銃を構えたり、眺め回したりしている。

「うお～マジか～トカレフ？　これってトカレフだったか？」

撃つかな？

あかりは思う。

せいぜい彼が考えるのは「これがあれば犯罪が容易になる。ぜひもちかえろう」「その前に試射し、これが本物かどうか確かめたい」「ここで脅しに一発撃ってから、姉に暗証番号を吐かせよう」あたりではないのか。彼はこれまで何度も引いてはいけない引き金を引いてきた。

だから——。

撃つと思った瞬間、みつるは銃をあかりに向けた。それから空に向けると、同時に爆発音が響いた。

思わずあかりは目を瞑った。すぐに目を開くとみつるは蹲《うずくま》っていた。銃は原形を留めていない。破裂して地面に落ちている。

「っテ、っテえ！」

みつるは叫ぶ。血が溢《あふ》れ出ている。

みつるは指が無くなっている手をあかりに見せた。

あかりはぽかんと口を開いた。

銃が暴発したのだ。

拾ってからただの一度も発砲したことはない。試し撃ちにでも引き金を引いたりはしなかった。

しかし、なぜ暴発したのか。偶然、不具合があったのか。あかりは思考を全力で巡らせた。この銃は夜明けに発砲音を聞いて、その現場で入手したものだが――この国で銃撃戦をする輩《やから》が、銃だけを置いてその場を去るだろうか？　そして銃を暴発するように改造することは、火薬の量の調整で、そう難しいことではないはずだ。

悪意のある何者かがいるならば――自分に拾わせるために暴発する銃をわざと置いていった――という想像がしっくりくる。

「姉ちゃん、救急車、救急車呼んで」

ここには電話線は通っていないし、携帯電話は持っていない。だから救急車を呼びたければあなた自身が電話するしかない。私はあなたに忠告をした。そしてあなたはそれをきかなかった。あなたが暴行を加えたせいで私は機敏に動けない。だがそのように言葉はでてこなかった。ただ絶句していた。

「はやく！　電話してよ！」

「電話なんてないよ！」

思わず叫んだ。

みつるはうろたえながらあかりから目を逸らすと、退却を決めたらしい。出口に向けて戻り始めたが、斜面で足を滑らせ転んだ。手をついて立ち上がるという動作ができないらしく、わめきながらもがいた。ようやく立ち上がるが、また斜面で転ぶ。

数分後、蒼白な顔でどうにかフェンスの前まで到着した。

あかりはあちこちの痛みに耐えながら立ち上がると、離れたところからみつるをじっと眺めた。

フェンス沿いに出口まで歩くしかないが、どちらに出口があるのか混乱してわからないようで、見当違いの方向に歩き出す。

「あんたここにどうやってきたの？」

「ああ？　レンタカーだよ！　ちょっとなんとかしてよ、手伝ってよ」みつるの声は泣き声になっていた。「死んじゃうよお。助けてよお。死んじゃうよお、もういいから、もういいからさあ」

何が〈もういいから〉なのかわからない。

右手の指は三本がなくなり、肉が抉《えぐ》れ、火傷《やけど》が広がっていた。改めてみると傷ついているのは右手だけではなく左手も青紫の火傷が広がり、皮膚が裂け破片が突き刺さっている。

医薬品は小屋に少しはあった。とりあえず消毒液をかけ、小屋からもってきたタオルでみつるの右手をぐるぐる巻きに縛った。布が血で染まる。

あかりは本当に場当たり的な手当をすると、みつるの肘《ひじ》を支えてトンネルの森の山をおりた。

やがて山をおりた先の、資材置き場に近い空き地にマツダのレンタカーを発見した。銀色の小型車だった。

8

あかりはみつるのポケットから鍵をとりだすと、みつるを後部座席に乗せた。そして運転席に座った。

運転――AT限定免許を家具店で働いていた頃に取得して、社用車を何度か運転したが、その後車を購入することはなく、ペーパードライバーだった。アクセル、ブレーキ、あかりは確認する。これはウインカー？　運転ができる自信がない。

「どこにあんたを運べばいいの、病院？」

みつるは答えない。

「あんた今どこ住んでるの」

「千葉だよ」

「千葉は無理」四時間以上かかる。「血、まだでてるの？」

「たぶん。感覚ねえけど、なんか、わかんないけど、頼むわ、まじで」

頼むわ、まじで、とはなんなのだ。

幼児が全てを親に委《ゆだ》ねるのに似ていた。

やはり病院か。最寄りの病院なんて知らなかった。どこの病院だろうが連れていけば結局は警察沙汰《ざた》で、自分も銃を所持した罪で起訴されるだろう。

「なんで私が住んでいる場所がわかったの」

最初にきいても答えなかった問いに今度は素直に答えが返ってきた。

「マツバにきいた」

あ、と思う。マツバとは事件の発端となった、みつるが搾取《さくしゅ》していた男の子の苗字ではないか。松葉太。

「は？　あ、あのマツバフトシくん！」あかりは声を荒らげた。

「声でけえよ」

「あんた、あんなことして、まだ！」

松葉太から金銭を搾取し、それを止めようとしてエリオが死んだのだ。十二年服役し、出所して、それでもなお、いったいどの面《つら》さげて如何《いか》なる交流をしようというのか。

「チャウよ、チャウって。向こうから電話がかかってきたんだって」

みつるの話は以下のようなものだった。

出所後、千葉で六畳一間のアパートを借り、保護司が紹介した工場に勤務していた。携帯電話を買って数ヶ月ほどして、電話が鳴った。

松葉太だけど、おぼえている？　声変わりした大人の声だった。みつるはびくつきながら、ああ、といった。最初は世間話のようなものだった。だがどこか馬鹿にされているような感じもした。なぜ電話番号がわかったのかをきいても、松葉太（を名乗る男）は教えなかった。

少年時代に君がぼくからとった百万を返してもらわなくてはならない。それは利息がついて二百万になっている。

ねえよ、とみつるは声を荒らげた。

電話をきってから約一ヶ月間、あらゆる不運が続いた。工場では、まったくおぼえのないロッカー盗難事件の濡《ぬ》れ衣《ぎぬ》をきせられ、犯人不明のまま、いきなり解雇された。

部屋に戻ってくるとなぜかエアコンと、テレビが両方とも故障している。水か何かがかかったので修理は有償と業者はいう。自転車に乗るとパンクしている。前輪後輪の二つに釘が刺さっていた。

やがてまた松葉太を名乗る男から電話がかかってきた。金を返せ、という。

返せないのなら、どうなっても知らないよ？

金がないなら、姉貴のところにいけばいい。

遺産を継いだらしいよ、山のなかに一人で住んでいるから、と彼はいった。

「なんで松葉太君は、私がここにいること知っているの」

あかりはうんざりしながらきいた。

「ああ、それは俺も思って、どうやって探したんだってきいたら、なんつったっけ、あいつ、最初は死んだと思ってたらしいんだけど、人探しの探偵？　みたいなの雇ったらしくて〈プロに頼めばそんなのすぐなんだよお〉とかキモい言い方でいやがって、マジ殺そうかと思ったけど」

「何よそれ、どんだけしつこいの」

あかりは、どこに引っ越しても悪意がつきまとってきたことを思い出して憎々しげにつぶやいた。

「松葉君、本人に会ったの？」

「会ってない。全部電話」

それなら、本人でない可能性もある。

「その携帯電話、今見せられる？」

「助手席のバッグに入ってる」

あかりは着信履歴から、松葉太のものだという電話番号にかけた。

電話を握る手に汗が滲《にじ》む。

呼び出し音が五回鳴る。六回目の途中で、誰かがでた。

――はい。

「もしもし、松葉君ですか？」

やや強い語気で問いかける。

少し間があった。相手は着信表示で、みつるの携帯電話からかかってきたとわかっているはずだ。

含み笑いをこらえているかのような、妙な口調で、それは答えた。

――違うよ。

「じゃあ、誰なんですか？」あかりの額に汗が浮かんだ。

――ただの、ひ、ま、人。

「あなたは、弟と、どういう関係」

――今話している君って、みつるの姉貴ね。ああ、そうか、本当にぶんどりにいったんだ。で、どうなったの？　なんでみつる君でなくあなたが電話しているんですか？

「松葉君なの？」

――だから、ち、が、う、よお。ぼくの名前がそんなに気になるの？　もうわかっているだろう？　ぼくが誰かなんて関係ない。松葉太かもしれないし、他の誰かかもしれない。エリオ君が死んだとき、どこかでとてつもなく大きな憎しみが目を覚ました。あえて名乗るのなら、ぼくは〈憎しみ〉だ。

「ああ」

何か頭の中に波のようなショックが広がっていく。

「あなた、私の部屋に入ったでしょう？」

――醤油瓶がちゃぶ台に載ってますとかいって通報したの？

やはりこいつだ。

「もしかして私の職場の人にも、いろいろ教えたのあなた？」

含み笑いが激しくなる。

「なんで？　なんでそんなことすんのよ」

――〈憎しみ〉だからだよ。君のお父さんもね、残念だったね。ちょっと周囲の枠がっているお兄さんにいろいろ教えたら、もうあんなことになって……。

「お父さんが殺されたのもあなたが関わってるの？」

――ニュースは見ているんだろう。それこそが事実だ。〈口論になって絞殺した〉のだよ。昔の話より、今、どうなってんの？　君もこっちの質問に答えてくれるかな。なぜみつるの携帯電話でかけてきているんだ？　あいつは死んだの？　生きてる？

「大怪《おおけ》我《が》してるよ！」あかりは叫んだ。

あなたが暴発する銃を用意して、私が拾うように仕向けたの？

と、喉《のど》まででかかったが、きけなかった。

そうでなかった場合、情報を相手に与えてしまうことになる。

しかし、相手の含み笑いから、やはりその可能性は高いと思った。

姉が試し撃ちでもして暴発して大怪我をすればそれでよし。撃たないのなら、弟がやってきたとき、防衛で発砲して大怪我してそこで姉が死ねばそれはもっとよし。みつるをもう一度刑務所にいれることも、いろんなものを背負わせることもできる。

あかりは思う。銃を撃って大怪我して泣き叫んでいるのは、本来私だったのでは？弟の目の前で泣き叫んで死ぬ役だったが、私は撃たず、発砲したのは弟だった。

――ねえねえ、教えて？　何をして大怪我になったの？　なんかまた悪いこと？

それは笑いながらいった。

「あんたがやったんでしょ」絞り出すようにあかりはいった。

――はあ？　何を？　ぼくが何をやったの？　よくわからないけど、誰が何をしてそうなったのかは、そこにいるあなたが一番知っているんじゃないんですか？

あかりは言葉に詰まる。金を奪いにやってきたのはみつる、銃を撃ったのもみつる。それが客観的事実だといわれれば、その通りだ。

今回の件で電話の主は、「姉の居場所を弟に教えた」だけで、ほぼ何もしていない。

ふと、この男の正体はエリオ君の父ではないか、と直感的に思ったが、確証もないことだった。

あかりは少し声を和らげた。

「思うところはあるんでしょう。あの加害者が、あの加害者の身内が、静かに平和に楽しく生きるなんて許せないという気持ちがあるんでしょう。奪い合い、殺し合い、全滅すればいいと思っているんでしょう。松葉君でもそうでなくても、あなたはそういう立場の人なんでしょう。気持ちがわかるなんていわないけど、ものすごく憎むってことはわかる。エリオ君の死は、それだけのことだったと思うもの。弟の件について私も謝罪する。一度会ってあなたと話したい」

それはしばらく静まった。

——君ね、自分でもわかっているだろうが、君の謝罪など、君がしたことではないのだから無意味なんだよ。またこれはああだこうだと議論するべきことでもない。憎しみとは感情であり、感情は理屈ではない。

みつる君にかわってくれる？

指がつかえないみつるは携帯電話を首と肩にはさんで会話した。

あかりには会話の内容はよくわからなかった。ああ、とか、おう、とか、それで、とか、わかった行くよ、といったみつるの応答だけが聞こえてくる。

やがてみつるは携帯電話を切った。

「なんだって？」

「今から俺が一人で行けばいいんだって」

「どこへ？」

みつるは俯《うつむ》いた。

「松葉太の家だってさ」

「いや、俺には、やっぱり自分は松葉太だっていっている。とにかく昔貸した百万に利子をつけた二百万持って家にきて土下座しろって。それでとりあえず終わりにしてやる、だそうだ。だから行くわ、おれ」

「手は」

「一日ぐらい大丈夫だろ。もう感覚ねえし」

「二百万はどうすんの。もってないんでしょ」

「もってないよ。姉ちゃん出さないんだろ、じゃあ、俺がなんとかいうよ。少しずつ返す的なこと。まずきちんと謝ってさ」

それでいいのか——そもそも、二百万を手にしていったところで、相手は明らかに異常者だ。それで済むようにも思えない。

今、車まで辿り着き、ここには電話がある。それならやはり、いっそ救急車をここに呼んだほうが——。

「今日中にこないと全員殺すって。姉ちゃんも、母ちゃんも、そして最後に俺も」

9

ナビに入れたのは、かつて暮らした家の住所だった。二度と戻るまいと思った町だ。

予想所要時間は三時間四十五分。

あかりは小さくため息をついた。

まずサイドブレーキを外すんだったよね。そして、それで……アクセル。

車を発進させた。

走り出すと感覚が戻ってきた。

なぜ私が、と思わなくもないが、怪我をしたみつるの手では運転できないし、相手は自分の人生の敵でもある。ここにくれば他人事《ひとごと》ではなかった。

車は西日をさす午後の道を走っていく。

「相手は本当に松葉太だと思う？」

「わかんね」みつるはいった。「違うかもしれない。あいつはもっと弱くていいなりの奴《やつ》だった。でも、俺が知っているのは十三歳の太だし」声や雰囲気が変わっていても当然である。

「あいつん家、すげえ金持ちでさ」

みつるは呟《つぶや》いた。

「たぶん、だけど、金持ちすぎて友達がいない奴だったんだよ。当時は金持ちってだけでなんか馬鹿にしてたんだよな。俺もガキでよくわかってないからさ。あ、こいつ金持ちだ、馬鹿にしよ、みたいな。でも確かに、大人になればさ、金持ちだったら、人を雇ってでもなんだってできるわな。こういうことをするのは、金持っていて暇な奴だと思うよ」

みつるは呻き声をあげた。感覚がないといったがやはり傷が痛むのだろう。

道は人気のない国道から、徐々に市街地へと入っていく。前の車と一定間隔を置いて進んでいく。

「刑務所ってどうだったのよ」

「ああ！　最悪。でも、生活は規則正しくなるし、煙草きれてもずっと禁煙状態だからそこはよかったのかもな」

「出所するとき食べ物とか楽しみだった？」

「ああ。ラーメンとかマックとか食いまくって一ヶ月で十キロ太った」

「レンタカーよく借りられたね？　免許いつとったのよ」

「出所してすぐ」

「苦労した？」

「別に。教習所、超楽しかった。そのあと、友達とみんなで海行ったりとかして。千葉、車ないと生きていけねえし、姉ちゃんこそ、あそこで暮して車なしっておかしくね？」

あかりは舌打ちした。

「運転。数年ぶりだわ」

「事故んなよ、マジで。事故ったら、弁償とかそっちもちな」

「元気だね」

束《つか》の間《ま》和やかな空気になった。

「なんでそんな話してくんの？」

「何か話していたほうがいいと思うからよ。雪山とかさ、寝たら死ぬんだって」

「ここ雪山じゃないだろ」

「馬鹿だったねあんた」

「わかってる」

「昔っから馬鹿だったね」

「わかってるって。俺が悪いんじゃねえだろ。暴発したんだから」

みつるは大きな呻き声をあげた。

「もうどうでもいいや。なんか俺、人生詰んでね？　ちょっと寝る」

俺が悪いんじゃねえだろ、か。あかりは胸の内で深い疲労をおぼえた。そして、寝るなといったのに。

少女時代を過ごした懐《なつ》かしい町に到着したのは夜の九時だった。

〈もうすぐ目的地です。案内を終了します〉

ナビがいった。

あかりは家の前を通り過ぎた。かつての自分の家の住所には、全く別の瀟洒《しょうしゃ》な住宅が建っていた。

十年以上前にエリオが刺された地点に近づくと、あかりは車をとめた。弟の様子を確認する。弟は後部座席で眠っていた。いや、わからない。寝息は聞こえないし、微動だにしない。

「みつる、起きて」

口は半開きだが、夜のせいか、妙に青白い。眠っているのではない――のかもしれない。ずいぶん血を失ったのだ。

軽く揺さぶる。返事はない。もう一度揺さぶる。

「なんでよ。あんた、それはないんじゃないの、ここまできておいて」

あんたが謝りにいくんでしょう？　そのために私がここまで運んだんでしょう？

後悔が襲ってくる。

自分は何か――決定的な間違いを犯してしまったのではないか？

あかりは車の外にでた。寒かった。気温は氷点下だ。

赤い郵便ポストの商店、お稲荷《いなり》さん、十二年前とそれほど景色は変わっていない。献花台はもうなくなっていたが、お稲荷さんの隣に小さな地蔵ができており、花束が捧げられていた。

あかりは暗い道を凝視する。音が消え、恐ろしいまでに静まっている。

かつてこの道が怖かったと思い出す。

ここに、呪《のろ》いの根源である得体のしれない魔がいるように感じていたから。

十二年を経て多くの経験を積んだ今でも、自分が全く変わりなくこの道に恐怖を感じていることに気がつく。

魔は確かにそこにいる。薄暗い道の真ん中に座り、こちらを注視している。

みつるを残して歩き出す。車中で、松葉太の家の場所はきいていた。エリオが刺された道の百メートルほど先の角を曲がったところにあるという。

深く暗い夜の底をひたひたと歩いていく。

角を曲がり、通りを歩いてみたが、四十坪ほどの南欧風の家がいくつも並んでおり、みつるがいうような周辺から目立つ豪邸はなかった。念のために家の表札を確認していくが、松葉、という表札はない。

あかりはみつるの携帯電話をとりだすと履歴からかけた。

「もしもし」

――はい。

さきほどと同じ声だが、嘲笑《ちょうしょう》の響きは消えている。

「きたけど、表札が別の名前なんだけど、ここなの？」

――ここって？

もどかしい。町の名前と今立っている場所を説明する。

男のため息がきこえた。

――謝罪しにくるのはみつる君であって、君ではないはずだよね？

「みつるは大怪我で動けないんだよ。だから私が代わりに運転して運んできたんだけど、弟は意識がなくて」

――代わり？　エリオの代わりがいないのと同じように、この件においてみつるの代わりなどいない。

「私もそう思うよ。だけど」

だけど？　言葉が続かない。この人と話していると、なぜか自分が決定的に間違っているような気になる。

「だけどみつるはもう意識がなくて……それから、お金も持ってきてないの。どうしたらいいの？　一回顔を見て話したい」

沈黙。

ひどく胸苦しくなる。潰れてしまいそうだ。

思わずあかりはいった。

「私はエリオ君が亡《な》くなってから、夢の中で彼にあった」

私は何を全く関係のないことをいっているのだろう。いった瞬間に後悔した。相手からすれば意味不明の発言ではないか。だがすぐに相手から、嚙《か》みしめるように言葉がかえってきた。

――我々みんなが夢を見た。彼はそういう奴だった。彼は報道されていたような完全無欠な子供ではなかった。恵まれていたからこそ、嫉妬《しっと》もされただろうし、誰かを絶望させることだってあったかもしれない。だが、彼が死んだとき、彼と交流した誰もが、彼との思い出を反芻《はんすう》し、彼がどんな人間だったか、彼のような奴が他にいたのかと、そして自分は彼の側に立つ者なのだと思った。

その声はゆっくりといった。

――君の小屋にはエリオの写真が飾ってあった。あれが君にとってどういう意味をもっていたのかは知らない。きく気もない。ただ、君はエリオを忘れず、また忘れまいとしてきたということだ。君はもういい。君は〈憎しみ〉とどうも相性が悪い。みつる君の愉快な珍道中も、君が介在すると面白くなくなってくる。ここで区切りをつけよう。彼は二百万円を持ってくることができなかった。謝罪もできなかった。事実はただそれだけだ。君はもう愚者に煩《わずら》うことなく人生を続ければいい。さようなら。

「え？」

電話が切れた。

かけ直すが繋《つな》がらない。

不意に誰かの視線を感じた。

周囲を見回すが誰もいない。同じような建て売り住宅がずらりと並んでいる。

道の先から黒いジャージの男が走ってくる。ジョギング中のようだ。寒さのせいかフードで顔を隠している。

あかりのそばまでくると、速度が落ち、訝《いぶか》しげな目を向け、それから走り去る。

動悸《どうき》が激しくなってくる。暴行を受けた記憶が潜在意識にある。生理的に体が警戒して竦《すく》んでしまう。早く離れたい。ここから去りたい。足が動かない。一帯に湧き出てきたこの禍々《まがまが》しい気配は、一体なんなの？

ひょお、と風が吹く。

闇のむこうから、大学生ぐらいの茶髪の男を先頭にした、酔っ払った集団が数人、ざわざわと喋《しゃべ》りながら現れる。一人が、納得イカネー、俺マジで納得イカネーから！などと強い語気で喋っている。殺気だったものを感じた。

彼らは、身動きできず息を詰めているあかりの脇を通り過ぎた。

ほんの一瞬だったが、横目に集団を見て戦慄《せんりつ》した。

五人ほどの集団の中央にいる、黒い小洒落《こじゃれ》たコートの若者は、例の死せる美少年に見えたからだ。ちょうどあの時のエリオをいくらか大人にしたような顔だった。

集団はあかりの視線には全く気がつく様子もなくざわざわと歩いて行く。

見間違いだ。顔の作りが似ている人間などごまんといるのだし、暗かった。ああ……彼にはよく似た親戚《しんせき》がいた？　兄弟がいた？　幻覚？　幽霊。わからない。私は疲れていて、まともじゃない。

　歩いてきた道を戻った。

　そこにレンタカーはなくなっていた。

　まるで闇が全てを飲み込んだかのように、ただ暗い道だけがあった。

さまよえる絵描きが、森へ

1

河合《かわい》一馬《かずま》はワンボックスカーで一人旅をしている。

助手席と後部座席を倒してマットをしけば、車中泊ができる。テントも寝袋もヘッドランプもあるし、ソーラーパネルの充電器も、ノートパソコンも、積んでいた。

その男と出会ったのは、九月半ばの青森のゲストハウスだった。素泊まりしか受け付けていない宿だ。共用のキッチンスペースがあり、宿泊客は外食するのでなければ、用意した食材を使ってそこで自炊する。

一馬がフライパンでハンバーグを焼こうとしていると、キッチンスペースに宿泊客とおぼしき一人の男が入ってきた。年齢は二十代後半か、三十代前半か。眼鏡をかけている。視線がぶつかったので、一馬はぺこりと会釈《えしゃく》した。

「あ、ども」

「こんにちは」

「それ、ハンバーグです？」

フライパンの中で丸まった挽肉《ひきにく》の塊を見て男はいった。

「まあ、そうです」

「宿でハンバーグ作る人初めてみました」

「そうですか？　普通ですよ、普通」一馬は返した。

「挽肉こねて焼いたらハンバーグになる？」

「あ、まあ、それだけだと形崩れちゃうんでパン粉とか卵とか混ぜるわけですが、これはスーパーでちゃんと形にして売ってるやつなんで、焼くだけ」

へえ〜と男はいった。

「レトルト？　とは違うんですね？」

「ええ、生鮮肉売り場にあるやつです。ハンバーグって自分で焼いたやつは全然違いますよ」

「ですよね」

「ここは長いんですか？」一馬は肉を焼きながらきいた。実はこの男を一日前にもちらりと見かけていた。

「いや、ここは二日前からです」

ボランティアをしながら日本一周の旅をしているのだとその男はいった。適当に話がはずんだ。その男は車をもっておらず、公共交通機関で旅をしているという。

「まあ、正直、キツい世界です。田舎なんて、バスが一日に二本とかザラですし、電車もそう。でも何時間もバス停のベンチでぼけーっと座っているみたいな、フツーに車やバイクで旅していたら、たぶん体験しないんじゃないかという経験には旅情がありますね」

その男の他にカナダ人の男性が宿泊していた。翌日に、一馬の運転する車で、三人で恐山《おそれざん》に行った。

楽しい一日だった。恐山から帰ってきたあとは、三人で鍋《なべ》を作った。翌日には、カナダ人は北海道に向かって旅立った。朝から雨が降っていた。

「こんな日はごろごろするしかないですね」

などといって、一馬は談話室で本を読んで過ごした。窓の外はずっと雨で、他にすることもなかった。夕方頃、一馬の車で、その男と二人で温泉に行った。

あまり深い話はしなかった。お互い、相手のプライバシーに立ち入ることに遠慮をしていたと、一馬は思う。無職なのかどうかとか、配偶者の有無だとか、一馬は訊《たず》ねなかったし、相手もきいてこなかった。

翌日の朝、一馬は出発して、その男と別れた。

別れ際《ぎわ》に、無料チャットができるアプリのＩＤを交換した。それまでお互いのことは「そちらさん」とか「おにいさん」とか適当に呼んでいた。交換したトークアプリでの登録名はＫＥＮだった。本名のどこかにケンと読む字が使われているのかもしれない。

旅で出会った人と連絡先を交換することはよくある。たいがいほんの少しやりとりをして、そのあとフェイドアウトするのだが。

一馬が青森のゲストハウスを旅立った翌日である。ＫＥＮからメッセージがきた。

〈ずっと忘れていたことをふいに思い出した。君にきいて欲しい。私は自分の人生に意味がないと思っている〉

キャンプ場のテントの中で、一馬はスマートフォンに表示されたＫＥＮのメッセージをしげしげと眺めた。

一瞬、このメッセージより前に、まだ読んでいないものが届いていたのかと思ったが、ＫＥＮからのメッセージはこれが最初であった。

〈だから、意味を探してきた。たいがいのものは持っている。家は裕福だったから。たぶん――そうだ、君よりは金持ちだ。いや別に、変な競争意識などないし、君のことだってよく知らない〉

人違いではないか？　メッセージの送り先を間違えているのではないかと疑ったし、また、なんだこいつは？　とも思った。

こちらの返答を待つでもなく、ぞくぞくとメッセージが届く。

〈父親はいわゆる有名人だった。どの業界の人間かはいわない。業界をいって、あの人ではないかと予想をたてられるのもいやだ。Ａ氏としておく。困ったことに父の名をだした瞬間、それまでニュートラルだった他者の私への認識が《あのＡ氏の息子！》に変わってしまうのを何度も見てきた。私のものの考えから何から何まで、ああ、Ａ氏の息子だからなあ、と解釈される。それがたまらなくいやだ。父親は、十九歳のとき既に年収が二千万に達し、地方の大学を中退。その後の人生でどんどん収入があがり、二十五歳から後は億以下になったことは一度もないという人だ。母もまたプロとしての出演歴がそれなりにある元女優だった。母は、私が幼稚園児の頃はまだ現役で忙しく、週に四回ベビーシッターを雇って幼い私の面倒を見させていた。家事が嫌いな人だった。父が放任主義だったのに対し、母は私を芸能界に入れたがっていた。幼稚園の年長の頃から、子役のオーディションに何度も連れていかれたし、一度か二度、母の口利《くちき》きで、テレビドラマか何かで子役をやったことがある。学校のシーンで、教室の片隅に座っているクラスメイト、というエキストラに近い端役だがね。だが、ある時期から、母は私を芸能界に入れることは諦《あきら》めてしまった。すね毛が生えて、にきび面《づら》で、腹にちょっと贅肉《ぜいにく》がついた頃から。演技力も野心もない私には、いくら親ばかの視点からでも、需要がないと考えたんじゃないかな。ＤＮＡ？　そんなものはそれが目に見えたときだけ他人の口に上るわけだが、才覚だのなんだのいうものは遺伝しないと思う。少なくとも私は両親の得意としていることは全然できない。いわゆる芝居、演劇にはあまり関心が湧《わ》かなかった。父の業界にも関心はなかった。

高校はＡ校だ。君はＡ校を知らないだろう？　私の育った地区では一番いい高校だ。

Ａ校出身といえば、それだけでみんな信用をしてくれる。だが自分の地区を一歩でれば、誰もが名前すら知らない。Ａ校には苦労して勉強に励んで入る子はあんまりいない。最初から学区内の、クラスで席次十番以内の地頭のいい子が入る。苦労して勉強して入ったのは私くらいだ。そこに入学したからといって自慢しているわけではない。事実を書いているだけだ。そしてまた事実を続けるが、このＡ校に、私はとことん馴《な》染《じ》めず、精神に不調をきたし、せっかく入った高校を中退した。

そのとき親は口を揃《そろ》えて「平常心で生きられる環境に身を置くことが第一だ、勉強なんてしたくなけりゃしないでいい。進学だって、いやならしないでいいんだ。日本の大学なんざ、本当は、何も教えてくれはしない。進学しなかったからといって、現実のダメージはないよ。学校の勉強なんかより大切なことはたくさんある。要するに個性だ。人は個性を活《い》かせばそれが一番いい人生になる」と、私を慰め、長期海外旅行に連れていってくれたりした。親はこういう自由な教育方針を、私が退学する前から本気で信じていた。何しろ学歴に全く頼らずに社会的成功を手にした男女なのだから、自分を例にものを考えるのだろう。

そして十八になると、親は私に二つのものをくれた。一つは賃貸不動産として収益のでているマンション。借主が入ってさえいれば、家賃が入金され続ける。もう一つは一戸建ての家だ。神奈川県の、七十坪の敷地に、ガレージのついた居心地のいい家だ。高台にあってバルコニーから町並みが見渡せる。七千万ぐらいしたと思う。家の設計自体はもう私が十七のときから始まっていた。

親はまたこうもいった。

「私たちは、親だけど、他人である。あなたとは違う人間だ。あなたはあなたで何か納得いくものを自分で見つけて生きてくれ。あなたが自立し、それを見つけることがあなたにとって一番大切なことだ」

たいへんリベラルで、風通しがよく、自分たちが何かを押しつけることを好まない人たちだった。

私は実家を離れてその家に一人で暮すことになった。

中学時代の仲が良かった友人に電話した。友人とは、中学卒業後も、時々家で遊んだり、一緒に何かのイベントを見に行ったりする仲だった。

高校での悩みも全部彼には話していた。

「家を買ってもらったんで見に来ないか」と誘うと「オレは大学受験で忙しいんだよ」などとぼやかれたが、見に来てくれたよ。手土産もって電車に乗ってな。受験勉強忙しいだろうに。にこにこ笑って、家のあちこちを褒めてくれた。「おいおい眺めがいな!」「なんだこの吹き抜けは、お洒落《しゃれ》すぎるだろ」「一体いくらするんだ」「ガレージにある車、外車?」「たいしたもんだねえ! ちょっとオレ、ここで暮していいか?」だが、彼が遊びに来てくれたのは一回だけだった。そしてその後二度と私からの誘いは受けてくれなかった。彼以外の友達? 何人か名前を挙げることはできたが家に呼べるほど親しいのは彼一人だけだった。中退した高校には友人はいなかった。そして、新築の家を見せびらかすことによってたった一人の友人を失った〉

〈ちなみにそのときガレージに入っていたのはＢＭＷのＭＩＮＩで、私はまだ教習所に通っている最中だった。後にそれはＧＴ－Ｒになる〉

写真が添付されている。スポーツタイプの高級車だ。塗装は赤。ワックスで磨いているのか輝いていた。はっきりこれはなんという車だ、というほどの知識は一馬にないが、話の流れからして、〈ＫＥＮが所有しているＧＴ－Ｒ〉の写真だと思う。

一馬は数年前に母から人にはいえない大金を受け取った。だがそれで生じた経済的ゆとりを他人にひけらかしてみたいという欲求は全くないし、一貫して誰にも、もちろん僅《わず》かなつきあいのＫＥＮにも、金満であることを仄《ほの》めかしたりはしなかった。恐山にいく間にＫＥＮの競争心を煽《あお》ったこともないはずで、悩んでいるといいながらも、高級住宅やら、高級車やらを苦労知らずで手にしたというような、連続メッセージを送ってくるＫＥＮの目的、あるいは心理が、よく理解できない。自慢、マウンティング、そうした類《たぐ》いと解釈していいのだろうか？

ねえ、ぼくはあなたの本名も知らず、一緒に居た時間は二日と少しで、全然深い仲ではないんだ。こんな長ったらしい身の上話を唐突にしてくるなんてどうかしていますよ。

と、思うが、それはいわずに、

〈かっこいい車ですね〉

とメッセージを返した。

〈その友人からは一度も返事がなかったが、私は季節の節目や、何か面白いことがあるたびに、辛抱強く葉書を送った。ところで友人がなぜ私と縁を切ったのかわかるかな？　私にはわかる。私の家が羨《うらや》ましかったからでも、格差が不愉快だったからでもない。友人は後に医者になったし、裕福な家の子だった――彼が私と縁を切ったのは、私がくだらない人間だったからだよ。

おそらく彼はずっと気づいていたのだろう。中学時代から、ああ、こいつはくだらない奴だ、と。そしてちょうどあの家のタイミングを最後に、私には人として尊敬すべきものが何もなく、友として共有できる趣味や遊びもなく、人生観もなく、つきあうメリットも、何もないことを改めて知り、早めに縁を切ることにしたんだと思う。

十八歳、あるいは十九歳の私には、なんとなく同世代の人生は想像がついた。ぎゅうぎゅうに詰まっているんだろう。恋愛だの友情だの受験だの資格試験だの、合格発表だの、バイトだの、夢だの、イベントだの、サークルの飲み会だの、レポートの提出だの、地元の仲間とのつきあいだの、旅行だのなんだかんだがね。私はすっからかんだ。十九歳の私といえば、朝十時頃に起き出し、人付き合いを避け外出はせず、居間でゲームでもしているといつの間にか夕方だ。それが毎日繰り返されるというありさまだった。退職した無趣味の老人だってもっと何かしているだろう。月に一、二回、両親と食事をするが、それも億劫《おっくう》だった。

最初はそれでいいと思っていた。何しろ、自由ではないか。だがすぐに、物足りなさと焦《あせ》りをおぼえるようになった。人生は長い。私は「生きがい」とか「やりがい」を見つけ、人前にでて、私はこういうものです、と名乗れる何かを発見しなくてはならないと思った。

これにだったら人生を費やしても本望だと思えるような何か、おそらくは《仕事》を見つけられればそれでよかった。実際それさえあれば、十代の終わり頃の煩悶《はんもん》など、全《すべ》ては未熟な過去の笑い話として流してしまえる。だが私は、最初から自分を雇ってくれるところを探そうとは思わなかったし、起業するつもりもなかった。私は自分がこれだと思ったことにはどんな労力も献身もいとわないが、自分の人生に不必要だと感じていることを、小銭が得られるからといって無理をしてがんばる意味はないと思っていたし、今もそう思っている。甘やかされて育っているからね。労働や、お金の価値がわからない。親の教育のせいだとも思う。だが私のような考え方や生き方は、呆《あき》れられ、侮《あなど》られ、おそらくは嫉妬《しっと》もされる〉

2

一馬はテントをでると、キャンプ場の炊事場の水道から、冷たい水を汲《く》んだ。炊事場には誰もいなかった。平日だからこんなものなのだろう。いわゆるオートキャンプ場ではない。

キャンピングストーブに着火して、湯を沸かす。二十分ほどかけて珈琲《コーヒー》を入れ、マグカップでそれを飲むと、テントに戻った。

やはり、というか、未読のメッセージはものすごい勢いで、増えていた。

「めんどくさい奴だ」と一馬は呟《つぶや》いた。

おかしな奴というのは、一日一緒にいれば薄《うっす》らとわかる。恐山に一緒に行ったときこの人の様子はどんなだったろう。〈朗らかによく話す人〉という印象しかない。相手の意見に、共感を示したりするような同調性があり、基本的には親切だった。表層的なコミュニケーションが得意なタイプで、言い方を変えれば、毒がなく話しやすい人。

また写真が添付されている。次は壁にかかった額入りの絵画だった。

目が青い猫が、ややシュールに歪《ゆが》んだ真っ赤なオブジェに乗っている。

何か有名な絵画なのか。まさか所有している美術品自慢か。

〈芸術というものと、いつどこで出会ったのかはわからない。少年時代からずっと気になっていたのかもしれないし、高校を中退して、親とヨーロッパを旅したときあたりに目覚め始めたのかもしれない。ある日、私と芸術は、手に手をとり合い、ぼくたちはいろいろ気が合うんじゃないかと囁《ささや》きあった。創作衝動があった。だから教室に通ってデッサンを学び、絵画の基礎技術を習得していった。技術向上に役立つ本はなんだって買った。芸術は、その入り口で遊ぶぶんには楽しいのだが、深みにはまるとよくわからなくなった。いや、白状するが、私は野心がなかったのだ。ハングリーな芸術家は、なんだかんだいってもやはり富と名声を夢見ると思うのだが、私は金儲《もう》けの手段として芸術を志すことを内心で軽蔑《けいべつ》していた。今ではそれもずいぶん青臭いなと思っている。とはいっても、自己満足だけで誰も達しない高みに行けたかといえばそんなこともなかった。私は思うままに作品を描き、そこそこのレベルに達することはできたが、そのうち私は芸術の手を離し、じゃあまた今度閑《ひま》な時にでも、と暇《いとま》を告げた。

添付した写真は大昔に私が描いた絵だ。私は、再び、親のすねかじり以外の何者でもない、社会に関わらず、その表面の皮膜を上滑りしていく虚《うつ》ろな存在となった〉

〈そして絵画教室で出会った知人に誘われたのをきっかけに、災害ボランティアをすることになった〉

〈ボランティアはまさに自分の求めていたものだった。日本は災害列島だ。毎年どこかで何かが起こる。私は何度もいろんな被災地に行った。土《ど》嚢《のう》に詰め込んだり、老人ばかりの集落などを巡って物資を配ったり、民家をまわって仲間たちと汚《お》泥《でい》を掃除したりした。他者への救済が、私を救済した。そこでは私は有名人Aと女優の息子ではなかった。無職のくせに金だけ余っているいけすかないぼんぼんでもなかった。私は金のために動かず義侠心《ぎきょうしん》で行動する名も無き青年であり、神奈川の自宅にいるときとは別の人間になった。そこには本当の意味で敬意を抱ける仲間がいて、そして自分も本当はそちら側の資質を持っているのだと思うことで、自信を獲得した〉

写真が添付されている。

たぶん、津波の被災地だ。まわりには泥まみれの倒壊家屋と、ひっくりかえったトラックがある。

一馬はここまで読んだところで、スマートフォンの電源が切れかかっているのに気がついた。いったん、文面から目を逸らすと充電ができそうなところを検索した。ソーラーパネルでの充電は曇天のテントではあまり期待できない。十五キロほど離れたコンビニのイートインスペースで充電できそうだった。

テントの外にでる。平日の静かなキャンプ場で、ポプラの樹が風に揺れている。

コンビニまで車をはしらせてからトークルームに画面を戻すと、メッセージがまた大量に増加していた。

二十代のはじめ頃だった。その年、私は東北で災害ボランティアをしていた。そして、現場を撤退した日のことだ。

私は知人から借りた４ＷＤ車を、彼の家に返しにいくために運転していた。一人だった。

もちろん私はそのとき、自分の車（ＧＴ－Ｒ）を持ってはいたが、私の車はボランティアが被災地に乗っていくには気障《きざ》で派手すぎると思っていた。そのためボランティアに向かうときはいつも公共交通機関を使い、現地での指示に従うのが常だった。

４ＷＤ車の持ち主は、ボランティア仲間の中年男性で、しばらく一緒に働いていた。私たちのチームは彼の車を活用して移動していたのだが、彼が帰るとき、私があと二週間ほど、被災地域の人々のお手伝いに通うことを知ると、それならば、自分の車をその期間、使用してくれてかまわない、といってくれたのだ。

ボランティアで出会う人のなかには、一般人の尺度からすれば「規格外」ともいえる度量や親切心をもっている人が多い。あけっぴろげに家に招待して何日も自由に滞在させてくれたりするが、それらは彼等にとっては当たり前の行動なのだ。私はボランティアをするようになってからずいぶん人間観が変わった。その知人の車の件もそういう種類の親切であった。ちなみに、一緒に作業をしたり車を貸し借りできる仲間ならば「知人」ではなくて「友人」ではないかとひっかかるかもしれないが、私はそのあたり、慎重だ。よく、ほんの少しでも親しい交流があった人はみな「友人」に分類してしまう輩《やから》がいるが、車を貸してくれた人は、私より十何歳か年上の人生の先輩である。「友人」という言葉には、己がその人と同格なのだというニュアンスが暗に仄《ほの》めかされているように感じるので、私が目上の人と認識し尊敬しているその人には使えない。

　話を戻そう。時刻は夜の七時前後。

　長時間の高速道路の走行が終わり、インターから下道にでた。冬の日没は早く、あたりはだいぶ前から暗い。知人の家まで、あとは下道をナビの通りに運転していけば問題はない。

　知人の車は、車高が高く、タイヤが太く、パワーがある。一方、乗っているとどこか現実感が希薄になった。

横断歩道だった。三人の家族らしき人たちが、横断していた。信号は歩道側は青。私のほうは赤だった。

私はこの横断中の三人に、ノーブレーキで、突っ込んでしまったのである。

大きな音がして、フロントガラスを人間が転がった。

全ては一瞬のことで、フロントガラスの向こうは、ただちに夜の景色に戻った。

その瞬間の私の感想は、

「は?」

というものだった。

私はまだアクセルを踏んでいる。車はそのままどんどん進んでいる。景色はどんどん流れている。心臓が早鐘を打っている。

え、どうしよ、マジで、いや、ちょい待て、ウソだろ、え? え? ひいた? 赤、だったか。ああ、赤だった。何やってんだオレ、渡ってたんだ人、え、マジか。

まずい、と思った。ひどくまずいことが発生した。悪夢的な奈落にいきなり落ちた。

突っ込んだときブレーキは踏まなかった。突っ込んだ後はバックミラーさえ見なかった。怖くて見られなかった。ノーブレーキで突っ込んで、そのまま走り去ってしまったのである。ひき逃げをしようと意識してそうしたのではもちろんない。あまりのことに、思考停止に陥り、そのまま運転を続行してしまったのだ。ちなみにアルコールは入っていなかった。

私はただ無心に運転を続行した。もうナビのいうことは聞いていなかった。パニック状態で、さきほど下りた高速に再び乗り、しばらく走ってからでてきたサービスエリアに停めた。

車を停めると、目を瞑《つぶ》り、座席にもたれた。ようやく長い息を吐いた。汗をかいていた。手がかたかたと震えている。

サービスエリアの駐車場は、夜間走行をするトラックが並んでいた。

なぜ横断歩道を渡る人たちに、ノーブレーキで突っ込んでしまったのか、何度も考えたがどうしてもわからなかった。怒りが湧いてきた。なんだよこの車！　と車のせいにしようとした。

それから車をチェックした。フロントの鹿よけバンパーのおかげだろう。車体には目立った傷はできていなかった。

知人にメールを書いた。今日、私は車を届ける予定でした。しかし、ちょっと急な用事が入ってしまいまして、明日にしてもいいでしょうか。という内容だ。親切な知人は、もちろん、明日でいいよ、お疲れ様、と応じてくれた。

その晩は高速道路のサービスエリアに駐車した車のなかで夜を明かした。もちろん眠れなかった。

翌朝になると、私は車をガソリンスタンドで洗車し、ワックスをかけてから、あちこちで時間を潰《つぶ》し、午後に知人の家に到着した。

呼び鈴を鳴らすと、家の中から声がした。

「入ってきていいよ、今、焼きそば作るから食べていきなよ！」

食欲は全くなかったが、招かれるままに、家に入り焼きそばを食べると、知人は、

「疲れているねえ」といった。

「え、そう見えますか？」

「見える見える、死にそうな顔しているもの」

知人に駅まで送ってもらい、新幹線に乗った。神奈川の自宅への帰路、スマートフォンでニュースを見ていると、ひき逃げ事故について記事がでていた。

ひき逃げ家族三人死傷事故。という見出しだった。昨夜七時頃、栃木県の横断歩道で家族三人がひき逃げされたということ。これにより一家の父は病院に運びこまれたあと死亡。母と娘は重体。

人が一人、死んだ――と知って、動悸《どうき》が激しくなった。冷や汗が全身から滲《にじ》んだ。大事故のように思えただけで、実は全員無事でありますようにと祈っていたのだ。現場を立ち去った車の種類や色については、書かれていなかった。あのとき目撃者はいただろうか。一昔前ならばともかく、現在は防犯カメラで、ひき逃げ犯の車がどこにいったのか、各所のカメラを確認して調べることができるという。一度下りた高速道路にもう一度乗り、翌朝は、いったん隣県にでるなどしているが、たぶん、警察は車の画像をみつけ、ナンバーから、まずは所有者である知人のところまで辿《たど》り着くだろう。結局、私は捕まるのだ。

東京駅で新幹線をおりると、また電車を乗り継ぎ、ようやく家に帰った。約一ヶ月ぶりの自宅だった。

ベッドに寝そべり十時間以上眠りこけた。

目が覚めると、全部夢だったらいいのに、と思った。食欲が全くなかった。

そのあと、しばらく家のチャイムが鳴るたびに、警察ではないかと心臓が跳ね上がった。電話が鳴るのが恐ろしくて電話線を抜いた。

今からでも出頭すべきか。

ひき逃げ犯か。車を貸してくれた知人にどれだけ軽蔑され、また迷惑をかけてしまうことだろう。私が逮捕されれば、間違いなく、マスコミは有名人である親の名をだすだろう。私はとっくに成人しているが、A氏の子（無職）が、親子三人死傷ひき逃げ事件の犯人と、しつこく報道されるだろう。父や母に、息子の不始末の謝罪を求めてマイクをもった記者が群がるだろう。ボランティア活動の帰りだと報道されれば、〈道楽ボランティア〉などと揶揄《やゆ》され、ボランティア活動をしている人たち全体の印象だって悪くなるかもしれない。ネット記事の下にはコメント欄がある。私の起こした事故のニュースには、〈加害者は逃げてないですぐに出頭しろ！〉といった内容のコメントが連なっていた。

私は自分がどろどろに溶け崩れていくように感じた。ボランティアに奔走する自分、誰かの役に立ちたいと生きる自分、そんな自己像の全てが今回の件でぶちこわしだった。ひき逃げをして、家で間抜け顔をしてベッドに座している自分と今まで築いた自己像が重なり合うと、もうダメだ。へなへなと身体《からだ》から力が抜けていき、悔悟の涙が滲み出す。

私は結局、出頭しなかった。

そこから先の半年の記憶はあまりない。警察はやってこなかった。そしてこのニュースもしばらくすると報道されなくなった。

「マジかよ」

コンビニのイートインスペースで、一馬は画面を見ながら呟いた。

トークルームのメッセージは、たいがい数文字から、六十字前後なのだが、ＫＥＮの場合、数百字ずつがくるので、読みにくい。

〈ＫＥＮさん、そんなヘビーな話をなぜぼくに？〉

返信がくる。

〈さきほど思い出し、聞いて欲しくなった。ずっと誰にもいわずに抱えてきたので、誰かに聞いて欲しい。できるだけ、ニュートラルな判断をしそうな人に。私はそのうちこのことを忘れてしまうかもしれない〉

3

私が車ではねたのは、三人家族である。そのうち一家の長であった四十五歳の竹林《たけばやし》幸多《こうた》さんは死亡した。残ったのは、幸多さんの妻、竹林真《ま》弓《ゆみ》さん四十歳と、当時小学六年生だった、竹林和乃《かずの》さん十一歳である。

二人は骨折などをしながらも命には別状なく、一ヶ月もすると退院したようだ。

未亡人となった竹林真弓さんと、娘の和乃さんは千葉県の八階建てのマンションの六階に住んでいた。

なぜ知っているかというと——探しだしたからだ。

秘密厳守で、人探しを専門にする探偵がいる。メールでやりとりしたところ、数日後には竹林さんの住所を、見つけ出してくれた。

私は事故のあと、すぐに自宅のガレージにあったＧＴ－Ｒを売った。事故との関連はないが、最高速で三百キロでるこの車は、もう私の目には罪の象徴と映るばかりで、見ていると吐き気がした。販売店まで乗っていくのも恐ろしくて厭《いや》だったので、ディーラーを家に呼んだ。四百万で売れた。この四百万は、彼女たちになんらかの形で渡していくつもりだった。もちろん四百万で始末がつくものだとはひとかけらも思っていない。五千万でも一億円でも始末のつくものではない。

彼女たちの暮すマンションの向かいに、２ＤＫの部屋を借りた。そして最低限の家具、冷蔵庫や洗濯機などを買った。

自分が何をしたいのか。漠然と贖罪《しょくざい》の形を思い描いていた。

私は彼女たちの〈福の神〉になりたい。

これが望みだ。

氷点下の風が吹くなか、彼女たちが迷い悩み、もうダメだ、とマッチ売りの少女の如《ごと》く冷たく灰色の路地に膝《ひざ》をつく。

するとそこに名無しの男が現れ、彼女たちを救い出す。

またはこういう形式でもいい。

彼女たちは普通に生活している。いろんなところで障害にぶちあたる。すると、なぜか不思議な力でもってその障害が取り除かれていく。誰が取り除いているのかはわからない。

私は、竹林真弓さんを尾行し、エステ店に勤務していることを知ると、入店して彼女を指名した。

顔をおぼえられたくなかったので、帽子とサングラスをしていった。

アロマ&オイルマッサージというコースを注文した。私は店の用意したパジャマのような服に着替え、少し固いベッドの上でうつ伏せになった。エリック・サティに似た雰囲気のピアノ曲が流れており、ふだんあまり嗅《か》いだことのないハーブか何かの匂《にお》いがしていた。

真弓さんが現れると、私は上半身裸にさせられた。背中にオイルを塗り込んでもらった。

「上手ですね」私はいった。

「ありがとうございます。痛かったらいってください——リピーターさん？　ですよね？」

「いえ、はじめてです」

「あれ？　そうでしたか。やっぱり、あんまりおぼえのない方だなあって」彼女は、では何故《なぜ》私を指名したの？　と疑問に思ったに違いない。問われる前にいった。「友人が、この店の竹林さんという人は上手だといっていて」

「あらそうなんですかあ。お客さんは学生さんですか」

「ええまあ」

「勉強大変でしょ」

「いえ、普通ですよ」

「スポーツやってます？」

「え？　いや、別に特には」

世間話をしながら、マッサージが続く。家庭生活に話を振るが、さすがに一見《いちげん》の客を警戒しているのか、プライベートの情報はほとんど漏れない。終了後私は「チップです、とっといて」といって一万円を渡そうとした。本日できる〈福〉はこのぐらいだ。すると彼女は啞《あ》然《ぜん》として顔の前で手を振った。

「え、あ、あの、店の決まりなんで受け取れないんですよ」

「だ、大丈夫ですよ、いいですよ、黙っていればいいじゃん、そんなの」私は慌《あわ》てていった。私がさらに万札を握った手を突き出すと、彼女はかわすように身を引いた。

「あ〜」真弓さんは困惑気味にいった。「お若いのに、お金持ちなんですね！　でも、お客さんがよろしくても、ダメはダメです。料金はもういただいていますし、個人的にはもらえません、ごめんなさい。まあほら、そのお金で何か美味《おい》しいものでも食べたらいいじゃないですか！」

あまりにもしつこく渡そうとするのも変だ。そうですか。私は混乱しながら一万円札をしまった。後になってこのやりとりを反芻《はんすう》してみて、ああ、失敗してしまったと後悔した。私はなんとも異常な客に見えたろう。一時間のマッサージの料金は五千円である。マッサージ代の倍の金額を、チップとして差し出す客なんて、明らかにおかしい。警戒されて当然だ。そこからセクシャルなマッサージの追加を持ちかけてきたり、プライベートで会うことを要求するような、困った客も多いと思う。

「またきます」

「はい、ありがとうございました」真弓さんの顔は少し引きつっていた。もうきてくれるな、という雰囲気を感じた。

　真弓さんにチップを突き返されたことを思い出すたびに泣きたくなった。一週間後、私は安い財布に一万円札を二枚入れ、真弓さんが外出したとき、ちょうど彼女が通りの角を曲がってくるというタイミングで、道に財布を置いてみた。自分でも何がしたいのかよくわからなかったが、財布を見つけたときの彼女の行動パターンを見たかった。真弓さんは、財布を拾い上げると、周囲を見回し携帯電話をだして、どこかに電話をかけ（十中八九、警察だろう）、そのまま最寄りの派出所に届けにいった。

　真弓さんは、その後も女手ひとつで、和乃さんを育てていた。たとえば、暴力男を家に招きいれ、和乃さんに地獄を味わわせるだのといったことはなかった。再婚の気配もなかった。彼女は恋愛の機会があったとしても、飛びつかなかったし、誰かと出会っても色恋に発展させようとはしなかった。真弓さんは、私が客として来店した半年後には、エステ店をやめてしまい、駅前にある中華料理店の店員となった。私は帽子にマスクをして、できるだけ目立たぬように、彼女が働く店の常連となったが、店の売り上げに貢献しても、彼女の利益にはならなかっただろう。

働き手を失った家庭が、裕福なはずはなかっただろうが、真弓さんの両親は健在だった。亡《な》くなった幸多さんにも両親がいた。四人は未亡人と孫娘の家庭に援助を惜しまなかった。

親戚《しんせき》もいたし、従兄弟《いとこ》たちもいた。正月やお盆になると祖父母の家に二十名近くが集まって、子供たちがはしゃぎまくり、大人たちはわいわいとお酒を飲んだりといったことを毎年やっていた。

真弓さんの娘、和乃さんは、〈さくらだ将棋会〉という市の将棋サークルに入っていた。これは市内在住者であれば、社会人から小学生まで、自由に会員になることができた。

私は和乃さんに接近するために、その将棋サークルに入会した。私が入会したとき彼女は中学生だった。

何度か対局した。

「上手だね、誰に教わったの？」私がきくと、「父に」と短く返ってきた。「あと従兄弟に」

「君は、将来は、何になりたいの？　棋士？」

「棋士とか無理に決まってるじゃないですか」

彼女は小さく呟いた。「なれるもんになりますよ、それだけ」

「お父さんの事故のこときいた」これは実際、将棋会の副会長が私に教えてくれていた。

「許せないよね」

「はい。犯人を捕まえて死刑にしてほしい」和乃さんは表情一つ変えずにいった。

「でも、それは警察の仕事で、私には関係ないし、前を向いて生きるしかないと思ってます」

「何か、困っていることはあるかな」

「いや、別に。ですよ」質問の意味がわからないという風に和乃さんは首を傾《かし》げた。

彼女は将棋が強く、何度対局しても私が勝つことはできなかった。

4

二人には隙《すき》がない。私が接触しているときに都合が良く困っていたりもしない。ダメだと気がついたら、撤退するべきだろう。もう一度自分に何ができるか仕切り直して考えるべきだ。

だが、私はその街を去ることができなかった。

この母娘《おやこ》の存在は、仕事も夢もない私には、唯一《ゆいいつ》の執着すべき何かだった。何をすべきか見当もつかないのに、何かをしなければならないという確信だけがある。

私は名刺を作り、スーツを着ると、ある日、真弓さんがお店からでてきたところを呼び止めた。

「あの、すみません」

何かの営業だと思ったのだろう。真弓さんは私に視線を向けず、足を止めずに歩いた。「竹林さん」

名を呼ぶとようやくとまった。私をまじまじと見る。どこかで会った人間か記憶を探っている顔だ。私はいう。

「私はこの近所に住んでいる者でして。実は折り入って竹林さんにお話ししたいことがあるのです」

「え？」

「立ち話ではできません。五分ほどで結構ですので、どうかそこのお店で少しお時間をいただけないでしょうか」

「はあ、五分、はあ」

目前にあったケーキ屋に入店した。店の端に椅子《いす》とテーブルがあり、カフェスペースになっていた。そこで二人分の珈琲を注文した。無言で席についた真弓さんに、名刺（飯田《いいだ》伸吾《しんご》と書かれているが偽名である）をさしだし、もってきたファイルと作品の写真を見せた。

「実は私、絵を描いている者です」

かつて私が絵画に興味があったことは前述したが、過去の作品群をデジカメで撮影しPCからプリントアウトしたものを用意していた。

真弓さんの表情から、緊張が少し消えた。

おや、という感じだった。

「実は先日、中華料理店で、働いている竹林さんを見たときに、感性がかってないほどに刺激されたといいますか、あ、お名前は、そのときに名札で知りました——で、竹林さんに、絵のモデルになっていただきたいのです」

諸条件を印字したプリントを渡す。

裸体ではなく、着衣で椅子に座った状態のモデルであること。モデル料は一回一万円をその日のうちに現金で全部支払う。場所はプリントに記載されたレンタルアトリエ。全部で十回。十回完了すれば謝礼でもう一万円。

毎週土曜日の午前中、あるいは竹林真弓さんの都合のいい曜日の都合のいい時間帯に、一時間二十分。休憩含む。

真弓さんはじっとプリントを眺めていた。

「今ここですぐにお返事を、というわけではないのですが、是非、ご検討をお願いしたいのです」

「え、私、こんなのいわれるの、初めてだわ。二人っきり、ですか？」

「え、あ、えっと、画塾の生徒など、多人数を相手にしたものではなく、部屋にいるのは私だけです。私一人が描きます、アトリエは、もちろん風通しのいい状態にします。ご不安のないように配慮します」

はあ、と呟いてから真弓さんはいった。

「なんで、私、なんです？　こんなおばさん……って自分でいうのもなんですけど。モデルってよくわかりませんが、若くて綺麗《きれい》な女の人が他にいくらでもいるじゃないですか」真弓さんは、そこで照れたようにいった。「え？　私が？　という感じなんですけど？」

「美術的動機としかいえません。私は、グラビアアイドルの素養がありそうな若い女性を探しているわけではなくてですね、自分が描く絵画に最も適切な素材を探しているんです。それは今という時代と、この街の風景に調和する女性で、竹林さんをお見かけしてから、私の絵画には竹林さん以外にはいない、というほどに思い詰めてしまったのです」

真弓さんは、黙って私の言葉を吟味する数秒の間を置いた後に「びっくり」といった。

次の土曜日には、レンタルアトリエにて、真弓さんと顔を合わせた。

窓は開けた。ついでにドアも半開きにした。

そしてイーゼルに立てたカンバスの前に座った。

「では、始めます」

静かな時間が流れた。時折、遠くの道を走る自動車の排気音が微かにする。真弓さんはおめかしをしてきたのだろう。綺麗な緑色のブラウスで年齢相応のシックな出《い》で立《た》ちだった。私が本当の芸術家だと信用しているのか、その日は、優しい眼差しでこちらに視線をくれ、黙って座っていた。私は集中して描き始めた。

どんな絵でもいい、ということはない。

私はずぶの素人《しろうと》ではない。絵画教室に通ったこともあるし、その教室で、モデルを前にデッサンした経験もある。ネットでプロの制作過程を何度も見て、自己研鑽《けんさん》を重ねたこともある。竹林真弓さんに接近する方法はもうこれ以外に思いつかなかった。だがそれとは別に、ウソでもごまかしでもなく、私は、心の底から、竹林真弓さんを描きたかったのだ。

「あ、これよかったらどうぞ」

翌週の土曜日、真弓さんは自宅で焼いたクッキーをもってきた。それは、もう私はあなたを疑っていませんよ、という意思表示に思えた。

彼女を前に絵を描くことは、これまでにない至福の体験だった。かつて私が芸術にのめり込んでいた頃にも何度か、制作中、没我の境地になることはあったが、このときほど、強く確かな動機を自己に見出《みいだ》し、創作に快感をおぼえることはなかった。自分が描いているものが、最高傑作となる予感があった。

たぶん、三回目か、四回目のときだったと思う。私は椅子に座っている竹林真弓さんを見ながら、思わず涙を流してしまった。今こうして彼女を前に絵を描いているのが、おそらく自分の人生の最も美しく満たされた瞬間なのだ、と思ったのだ。慌ててハンカチで目元を拭い、その日はそれで終わりにしてもらった。

そろそろ絵ができあがってきた七回目のことだ。休憩時間に紅茶を飲みながら真弓さんはいった。

「できた絵は、どうするんです?」

「現段階では何も考えていません」

「飯田さんは、どうして絵を描くんですか? その、一般の絵描きさんも、そうですけど」

「人それぞれ、絵を売るためだったり、いろんなところから注文を受けての仕事だったり、自己の技術向上を目的としていたりすると思いますが、私が今竹林さんを描いているのは、描かねばと〈思い込んで〉しまっているからです。使命感のようなもので描いています。現時点では作ることが目的であり、それ以外のことは雑念です」

真弓さんは少し感心したような顔をした。

「思い込みね」

「ええ」

その午後、真弓さんが帰ったあと雨が降ってきた。私はアトリエで絵の前にじっと座っていた。

窓は開けていた。雨音と共に、湿った空気が入ってくる。

完成に近づいてきた彼女の肖像画にさらに重ねていく色のことを思い浮かべていた。確かに、自分でもなぜこの絵を描いているのかよくわからなかった。人間はたいがいの行動に、もっともらしい、ある意味テンプレートめいた回答を用意して七割方それで納得してしまうものだが、実は本当は誰もよくわからぬまま行動しているのではないか。

雨音は、外にある駐輪場のトタン屋根か何かをタタン、タタン、と叩《たた》いていた。アトリエの隣に音楽スタジオがあり、そこからアマチュアっぽいエレキギターの演奏が雨音に混ざって薄く漏れていた。

ふと、絵の中の真弓さんが私を見ていた。もちろんそれはそうだ。こちらに視線をくれる真弓さんを絵に封じ込めたのだから。

と、薄暗い部屋で、絵の中の真弓さんが私にいった。

「あなたがひき逃げ犯なの？」

え？　私は目を瞬《まばた》いた。なんだ、今のは？　幻聴なのか、幻聴なのだろう。

絵のなかの女の視線は冷たく口の端が歪んでいる。

「それは」私は掠《かす》れ声でいった。

絵の中の女が、今度ははっきりと、唇を動かしていった。

「おかしいと思わないはずがないでしょう？　調べたけれど、あなたがくれるモデル料は相場よりずいぶん高い。あなたの名前はネット検索ではどこにも引っかからない。おかしいじゃない？　普通、あなたみたいな人は、有名、無名に拘《かか》わらずネットで作品公開しているものじゃないの？　あなたはいきなり現れ、売るつもりもない絵を描く。少し前にね、エステ店で働いていたことがあったんだけれど、帽子とサングラスをした若い男の人がきたの。そしてチップだといってマッサージ代の倍の金額を渡そうとした。不自然だと思った。そもそもマッサージって、あんまり若い人ってこないしね。帽子とサングラスだから顔はおぼえていないけれど、そのときの人、あなたに似ているような気がする。身長、肩幅、手の長さ、耳の形」

　私はごくりと唾《つば》を呑《の》んだ。

「あなたなんでしょう？　なぜ私に関心を抱くのか。理由は一つしか思い当たらない。あなたが私たち三人に車で突っ込んで逃げた人なんだよね？」

　言葉がでなかった。部屋はより暗くなり、雨音は激しくなった。

　しばしの間が置かれた。絵の女は私を睨《にら》みつけている。

　嘘《うそ》だ。絵は喋らない。絵は喋らないのだ。

「冒瀆《ぼうとく》じゃないの？」

　喋った。

　女はゆっくりといった。

「あなたがしているのは、あらゆることに対する冒瀆じゃないの？」

　私は気を失った。

　亡くなった竹林幸多さんに対する、真弓さんに対する、和乃さんに対する、社会ルールに対する、モラルに対する、両親に対する、私自身の魂に対する——冒瀆。

　目を覚ましたとき、私は病院だった。

5

CTスキャンの画像を前に、医者は私に告げた。脳に腫瘍《しゅよう》と思われる影がある。腫瘍が悪性のものなのかはわからない。手術して摘出したほうがいい。

千葉の病院だった。

倒れているところをアトリエの管理人が発見し、救急車を呼んでくれたのだ。意識不明で運びこまれ、意識を回復後、精密検査、そして、その結果である。

呆然《ぼうぜん》とした。白衣の若い医師に、まず独身かどうかをきかれ、次に親は生きているかきかれた。手術をするときには家族の同意や連絡先が必要なのだという。

私は強いショックを受けた。全く想定外のことだった。確かに健康に気を配って生きてきてはいないが、だからといって、偏食を続けてもおらず、喫煙習慣もなく、飲酒も平均以下の量だった。何よりまだ私は若い――なぜこんな病気が湧き出てくるのか意味がわからない。

親に連絡した。両親はすぐに私のもとにやってきた。なぜ千葉にいるのかきかれた。もちろんひき逃げをした遺族をサポートしたい思いから千葉にいる、なんて話はできなかった。芸術的動機で、作品を作るのに必要だから千葉にマンションを借りていた、というような説明になった。

私はひどく意気消沈した。結局、両親の勧めにより、千葉のマンションは引き払い、検査をした千葉の病院から紹介状を書いてもらい、東京の大病院で手術をすることになった。

あの絵についていうと、ただの絵に戻っていた。あの日確かに呪《のろ》わしいことを喋りはしたが、それは幻覚、幻聴に過ぎず、脳の病気と関連があるのかもしれなかった。精神科の受診が適切な処置だったかもしれないが、開頭手術が控えていて、そんなあれこれと診察してもらう余裕はとてもなかった。

「モデルをお願いするのは今日で終わりになります」

私は椅子に座った竹林真弓さんにいった。

「あ、そうですか。もう」

「はい、絵のほうはほぼ完成です。予定の回数より短くなりましたが、お金のほうはきっちりまとめて今日お渡しします」

「あ、そんな、いいんですか」真弓さんはいった。

「もちろんです。こちらの都合で、切り上げることになるので」

しばらく沈黙が置かれた。

倒れた次の週は、なんとか病院から真弓さんにメールをしてしばらく休みとしてもらったが、もうだらだらと絵を描いている余裕はなかった。

私は、この沈黙のあと、彼女が何かをいいだすのではないかと思った。絵が喋った内容を、本物の真弓さんも考えている可能性は高い。「小さなおかしさ」に気がつく人ならば、やはり私は怪しいはずだ。

真弓さんはきっという。口を開いて、あなたが私の夫を殺したのか？　という。きっと今、すぐにでも。

「絵は、また描くんですよね？」

「また？」私は質問がよく理解できなくて首を傾げた。

「いえその」真弓さんは目をまわした。「この絵が完成したら、次は新しい絵を、また描くんですよね、という意味です」

「ああ、はあ」私はいった。なるほど。また別のモデルで、あるいは、別の題材で新作を描くのですか、という質問か。

「特に予定はないですが、まあ、描きたくなれば」

「ならないかもしれない？」

真弓さんは、何か探るような目で私を見た。

「あ、その」まずいな、と思った。

絵描きが、ただあなただけを描き、終わればもう他の作品制作の予定はないというのはおかしい。そんな奴は絵描きではない。

「描くとは思いますよ。まあ、自分次第というか」

カンバスの中の絵の女が微《かす》かに笑ったような気がした。

「飯田さんは」彼女が何かいいかけたところに、私は声を重ねた。

「実は」

真弓さんは言葉をとめた。

「実はこのあいだキャンセルして、制作を中断したのは、私が倒れてしまったからなんです。病院に行ったら、検査をして、脳の手術をしなくてはならないという話になってしまいました」私はいった。

真弓さんはずいぶん驚いたようだった。それから真弓さんは、自分の知り合いにも、頭を切って手術して、現在何事もなく以前よりも元気に生活している人がいる、という話をした。やがて終了の時間がきた。だが、私たちは時間より三十分ほどオーバーしておしゃべりをした。

これまで絵は午前中に描いていたが、その日は午後にしていたので夕方に近くなった。

やがて会話の間ができたとき、彼女は「ああ、もう長居しちゃって、夕飯の準備があるわ」といって立ち上がった。

「どうもありがとうございました」

真弓さんと私は並んで「絵」を見た。絵の中の女は静かにしていた。

「手術は絶対うまくいきます。だから安心して。個展をやるときは、ぜひ教えてくださいね」真弓さんはいった。

この日が、真弓さんと会う最後となることはわかっていた。私は入院のために東京に行く。その後は神奈川の自宅か、都内の実家にて療養する。

もしも対面して全てを告白するのなら、今ほどのチャンスはない。私はひき逃げ犯で、一生かかっても償いきれないことをした。許してもらえるとは思わない。だが、一生を償いに使いたい。もちろん出頭もする。今ここで、殺してもらってもかまわない。むしろそのほうがすっきりする。

あの日、そのようにいうべきだったのだ。結局はそれこそが全てを収める方法だった。

だが私はいえなかった。

彼女の背姿《うしろすがた》が夕暮れの街を遠ざかっていくのをじっと見送った。

手術の前日に入院した。食事制限をして、手術台に寝かされて、生まれてはじめての全身麻酔をされ、そして、そこから一ヶ月近い入院。これについて書きだせば長いが、ここで君に闘病の様子を伝えても意味はないので、要点を短くまとめるならば、手術は成功した。私は髪の毛を全て剃《そ》られ、頭に大きな傷跡ができた。髪は生えてくるという。またこの病気は再発の可能性もあるといっていた。

私は生まれてはじめて鬘《かつら》をつけ、そして退院した。

退院後、私は神奈川の自宅で暮すことにした。東京の実家にも頻繁に戻った。

千葉に戻る予定はなかった。定期的に東京の病院に術後の経過観察のために通院しなくてはならなかったし、絵を描き終えてしまうと、真弓さんに接触する理由もなくなってしまった。

そして……私は——まったく最低だと自分でも思っているが——竹林母娘のことは

忘れることにしたのだ。真弓さんの絵は、自宅の納屋《なや》にしまった。

しばらくの間——それが三ヶ月か、六ヶ月かはもうおぼえていない——私は、淀《よど》んだときの中で思考停止したまま生きていた。決まった日付に検査のために病院に行く。スーパーに買物に行く。あとは特に何もしない。人生とは難儀なもので、面白いことは、たいがい少し面倒くさい。どこかにでかけたり、いろいろ準備が必要だったりする。私には面倒なことをする気力が全然なかった。

ある晩、私は尿意をおぼえて、ベッドから立ち上がった。壁になぜだか、納屋にしまってあるはずの、例の絵がかかっていた。

椅子に座った女の絵だが、部屋が暗いので女の表情などははっきりしない。

おや？　と気になったが、きっと自分でもよくわからぬままに、納屋からとりだして壁にかけたのだろうと思った。退院してから、私は少しだけ自分の行動に自信がなくなっていた。牛乳をテーブルの上にだしっぱなしにしたり、スーパーで、レジを通らずに商品を持ち出そうとして呼び止められたりということが続いた。ふっと思いついたことを無意識のうちにしてしまい、あとで何故こんなことをしたのかな？　と首を傾げるようなことが多くなっていた。

暗いのでよくわからないのだが、それでも「見られている」と感じる。女は絵の中の椅子から立ち上がってこちらに——つまり、絵の中を、私に向かって歩いてくる。

女は窓から外を覗《のぞ》くように、顔を近づけた。今や、絵は、彼女の顔でいっぱいになった。

「忘れたの？」

額いっぱいの女の顔がいった。

「うん。君は誰？」

「私はあなたが描いた絵」

いつのまにか女と家の外にでていた。私は笑いながら、女と満天の星の下を歩いた。

いや、そこがどこだったのかはわからない。私が絵の中に入ってしまったのかもしれない。

とにかく私は、女と野原を歩いていた。

冷たいそよ風が心地よかった。女からは絵の具の匂いがした。

「踊りましょう」

私と女は夜の野原で手をとりあって踊った。

それからどうなったのか？　絵からでてきた女とどうしたのか？　記憶は途切れている。

6

私は新幹線に乗っていた。富士山麓《さんろく》を歩いてから、公共交通機関を乗り継いで大井川まで行き、さらに岐阜まで足を延ばした。全部で二ヶ月ほどの旅行からの帰路だった。

退院して　年が過ぎていた。

私は車窓を流れる景色をしばらく見てから、携帯用のノートパソコンを開いた。写真だの、文章のファイルが並んでいる。

私は旅の間、ＳＮＳにその瞬間の感想や、感動を呟いて残していた。

たとえばこんな呟きがある。

「大井川は秘境という名の観光地だ。鉄橋をＳＬが走っていくのを見ている。タイムスリップ。今日は一日のんびりしよう」（五日　午前十一時十五分）

その四十分後に発した呟きがこれだ。

「まだ犯人は見つからない。しかし、探し続ければ必ず見つかるはずだ。大井川にはいないのかもしれない。いや、いないだろう」

さて、少し説明をしなければならない。

私がどのようにおかしくなったのか、私自身が解説するというのも変な話だが。

私は、いつの頃からか、自分という人間が次第に二つになり始めているのを感じていた。

二重人格の発端は、竹林母娘への接触を始めたとき、偽名を使ったことではないかと思うが、それ以前のボランティアをしていたときだって、プライベートと被災地では人格が違っていた。

絵のなかの女とダンスを踊ったとき、ついに私は完全に二つになった。名をつけるのなら、事件を忘れかけている無垢《むく》なクリーンと、なんとか事件にカタをつけたがっているダーティーだ。

クリーンはこう思っている。今回の旅行は一人旅を楽しむためのものだ。日頃の鬱《うっ》憤《ぷん》を晴らし、人生を謳歌《おうか》しよう。クリーンは、よく笑うし、小さなことで感動する。

たいがいのことはポジティブに解釈する。

しかしもう一人の、ダーティーは違う。楽しむために旅をしていない。ダーティーは笑わない。何を見ても冷笑的だ。醒《さ》めている。そして恐ろしく欺瞞《ぎまん》に満ちた卑劣な計画をたてている。

ダーティーの旅の目的は、樹海かどこかで自殺者を見つけることだ。首を吊《つ》った遺体のそばに「○○年12月　○○市で竹林さん一家三人に車で突っ込んで逃げた男は、自分です、ごめんなさい」という内容が書かれた紙を置いておく。

きっと誰かが遺体を発見する。身元を示すものがないか警察が遺体の周囲を探していると、メモが見つかる。警察はメモを読み、竹林母娘に「ある場所で自殺者と思われる遺体を発見したが、そこに数年前のひき逃げの告白と、残された遺族への詫《わ》び状があった」という連絡がいく。これにてひき逃げ事件は一件落着。竹林母娘が溜飲《りゅういん》を下げるかどうかは知らないが、夫を殺した人物は後悔の果てに死んだ、という報《しら》せがあったことは、ひき逃げ犯は今もどこかでのうのうと暮していると想像して生きるよりも遥《はる》かに気持ちを整理してくれるはずだ。

うまくいけば、ダーティーはその記憶と共に消滅。自分の汚れをほとんど記憶していないクリーンが私の本人格となって、私は以後何も気にせずに明るく朗らかに生きていく。

　さて、今ここにいる私はクリーンなのか、ダーティーなのか。どちらなのだろう。私にもわからない。私はおそらく、彼等を統合しているそもそもの自分自身だ。忘れてのうのうと生きるなんてできるわけがないし、誰かに罪をなすりつけるなんて、許されることではない、というのが私の考えだ。

　だが、私は既に複数の私に分かれてしまい、一貫した行動ができないし、記憶の抜け落ちがある。私たちは延々と逡巡《しゅんじゅん》の歳月を過ごしている。

　そろそろ眠ろう。〈私〉が存在できる時間はそれほど長くない。次に現れるのがいつなのか、もう現れないのかはわからない。

　誰かが決着をつけるべきだ。誰かが私たちの旅路に強制的にでも終着点を設けるべきだと私は思う。

　君がこの情報をどうしてくれてもかまわない。送信した後、私は自分が送信したメッセージは全部削除する。私の中の私でない部分が、秘密の漏洩《ろうえい》に気がつき君にコンタクトをとろうとしてきても無視してくれ。

7

怒《ど》濤《とう》のメッセージはそこで途切れた。

夜の十一時四十五分だった。

おそらく、寝たのだろう。

一馬は、ペットボトルの水を飲み干すと、スマホで被害者の名前の検索をはじめた。竹林幸多、竹林真弓、竹林和乃、それに、ひき逃げ、三人死傷、などのワードをいれる。該当する事件は見つからなかった。何年も前の話だし、全てのひき逃げ事件がネット検索でヒットするわけでもないだろう。死亡事故は一年に数千件起こる。犯罪告白ではあるが、被害者を実名で書いていない可能性もある。

多重人格について何を知っているわけでもないが、要するに彼は——更に間違いを犯す前に警察に通報してくれ——と助けを求めているのではないだろうか？

特に最後のほうはそう感じる。だが、メッセージがこれで終わりなのか、翌朝になるとさらに続くのかもわからない。

結局、通報をためらったまま翌朝になると、メッセージがまた届いていた。しかし、そのメッセージは、昨日までとは、全く雰囲気の異なるものであった。

〈あの～すんません、いきなり。昨日、ぼくのアカウントから、なんか届きました？〉

〈ええまあ〉と返信する。

〈マジか～。なんです、どんな内容？〉

〈それは、その、ご自分でおぼえていない？　というか、ログが残っているのでは？〉

〈ちょっと事情を説明します。ぼく今、仙台のゲストハウスにいるんですが、昨日、このスマホを盗まれてしまいまして。で、今朝見つかったんです。で、ちょっとなんか変だなと思って、詳しい人に見てもらったら、何かカズマ氏とチャットした使用形跡があるものの、全部削除されておりまして〉

一馬はごくりと唾を呑んだ。

――君がこの情報をどうしてくれてもかまわない。送信した後、私は自分が送信したメッセージは全部削除する。私の中の私でない部分が、秘密の漏洩に気がつき君にコンタクトをとろうとしてきても無視してくれ。

〈きましたね、大量のメッセージが〉

〈確認ですが、メッセージを送ってきたのはカズマ氏の知り合いから、とかではない？〉

〈いや、意味がわかりません〉

自分の知り合いが仙台のゲストハウスにいて、なぜかＫＥＮのスマホを盗んで自分にメッセージを送ったと想像しているのか。さすがに無理があるだろう。

〈すんません、ぼくも、何がなんだか〉

〈警察呼んだほうがいいですよ〉

〈はい。これから警察呼びます〉

〈犯人の顔とかわかりますか〉

〈宿泊客だと思うんですが、なんでまたカズマ氏に？　とか、いったいどんなメッセージを送ったんだ、と今は頭の中が、？です。どんな内容でした？〉

〈悩みとか、身の上話。ただ大量のメッセージなので一言でいえません。ＧＴ－Ｒ？に乗っているとか〉

〈それ、ぼくじゃないですから〉

これはクリーン？　ダーティー？　それとも、本当にスマホを一時的に盗まれただけの、ただの無関係なＫＥＮ？

〈わかりました〉

〈なんかすんません、ご迷惑かけて、すんませんすんません。これからちょっと警察とか忙しいので、ではこれにて。お騒がせしましたが、良い旅を！〉

〈仙台のどこに宿泊してます？〉

最後の問いに返事はなかった。

一馬はその後、すぐそのキャンプ場を出立した。誰もいないキャンプ場の森が風にそよいでいるのを見ていると、何か厭な予感がしたからだ。自分の背後にハンマーを持った男が立ち、後頭部に振り下ろす。その後、自分の荷物にひき逃げの懺悔《ざんげ》を綴《つづ》ったノートを滑り込ませてその場を去るというイメージを思い浮かべずにはいられなかった。

その日は秋田県のビジネスホテルに宿泊した。一日が過ぎると、気分が落ち着いてきて、いくつかのことを確かめてみた。

まず送られてきたメッセージをもう一度全部読んで、添付されていた写真なども再確認した。メッセージを送ってきた人物が、一馬の知るＫＥＮと同一人物であると示す箇所が文面にあるかどうか探したが見つからなかった。

ＫＥＮともう一度話したくなり、トークアプリを起動して、メッセージを送ろうとした。だが、向こうはすでにアカウントごと削除しているようで、メッセージは送れなかった。相手に連絡する手段はもうなかった。

次にネット検索でひっかかった仙台のゲストハウスに順番に電話をかけ、ＫＥＮに該当する宿泊客がいるかどうかを確かめた。これにはひどく苦労した。「本名わからないんですけど、ケンさんっていう男の人が宿泊していないですか、三十代ぐらいで一人旅で、昨日、スマホを盗まれたって話をしていた人。髪は黒です、眼鏡かけてました、ちょっと大事な件で話したいことがあって」などと説明した。だが、どのゲストハウスの管理者も、昨日、スマホが盗まれたという事件は知らないし、該当する一人旅の男は宿泊していない、といった。

やはり、ＫＥＮはひき逃げ犯であり、多重人格なのだ。別人がスマホを盗んで、見ず知らずの誰かに身の上話を送りつけて去っていく、というのは（絶対にありえなくはないとしても）不自然極まりない。それに朝の「仙台のゲストハウスに宿泊している」とのメッセージが事実か確認できなかったり、トークルームを削除している以上、

「別人格の一人が先走って犯罪告白をしてしまい、それに気がついた他の人格が火消しに走った」ということなのだろう。

　警察に連絡すべきか。しかし直感的に、警察は動かないのではないかと思った。もちろん、話は聞いてくれるだろう。旅先で出会った誰ともわからない男が、数年前の栃木県で起こったひき逃げ事件の犯人は自分だとＳＮＳで唐突に告白してきたのです。それは栃木県のどの道で発生した何月何日のひき逃げですか？　いえ、そこまではわかりません。

　その男はどこにいったかわからず、連絡もとれない。いや、動くかもしれない。ＫＥＮのメッセージのなかに手掛かりはたくさんある。偽名でなければ、被害者の名前も家族構成も、もう知れている。彼が「飯田」と名乗って絵を描いた千葉のレンタルアトリエだって探して調べれば、なんらかの記録、携帯電話の番号や連絡先が残っているかもしれない。

だが、警察よりむしろ自分は、まず最初に竹林さんを探し出し、自分が出会ったＫＥＮなる男が書き送ってきたことを教えるべきだと思った。警察には母とのこともありあまり行きたくないし、この件で警察に駆け込むのは通りすがりの自分ではなく、被害者ではないのか。

ＫＥＮが竹林母娘を探すのに使ったという「人探し専門の探偵」が気になる。これは、まさか母が自分を探すときに使った咲島秋《さきしまあき》ではないだろうか。母のところに向かう車の中で彼女がいった言葉が蘇る。

――いろんな人がどこかで誰かを探しているんですよ。一馬さんも、誰かを探すときには、私に電話してください。

彼女であるなら、一度依頼を受けて探しあてた人間だ。すぐにわかるのではないか。

8

「という話なんです」

一馬はいった。

テーブルを挟んだ向こう側には竹林真弓さんが座っている。

咲島秋の名刺はまだもっていた。電話して交通事故の被害者を探している旨《むね》の事情を話すと快諾してくれ、わかっている限りの情報をメールで送ってくれという。仮名の可能性もあるが竹林という姓であることや、家族構成、ひき逃げが起こった県などを、記して送った。銀行に調査料の前金を振り込んだ翌日に、新宿の喫茶店で顔をあわせると、竹林さんの住所と電話番号と該当事件について書かれた調査報告書のはいった封筒を渡してくれた。

「こちらご確認ください」

咲島秋の前で調査報告書に目を通す。

ＫＥＮがメッセージアプリの身の上話で書いた「竹林真弓」その他は実名であったようだ。

やはり千葉に住んでいる。

「もっと時間がかかるかと思ったら、こんなに早くわかって助かります」

「ええ。今回の調査料は、それほどかからなかったので割引させていただきます」咲島秋はいった。

「あの、すみませんけれど、咲島さん」一馬は腰をあげかけた女探偵にきいた。

「以前に、同じようにこの方、竹林真弓さんを探して欲しいという依頼が男の人からありませんでしたか」

おや、という間があった後に、半ば予想した答えが返ってきた。

「守秘義務があるので、お答えできません。あったとしても、あったとはいえません」

声と表情の感じから、そして割引の件からもたぶんかつてＫＥＮが依頼をしたのもこの人だろうな、と思ったが、そこは重要ではないので、それ以上きかなかった。

「また、誰かを、探したいというときには、よろしくご連絡ください」

咲島秋は、では、という風に立ち上がった。

すぐに電話をかけて会う約束をとりつけた。初めて見る真弓さんは、黒い髪に眼鏡をかけた女性だった。年齢は五十近いはずだが、少し若く見えた。

「それはまあ」真弓さんは頷《うなず》くと、何をいったらいいか悩むように額に手をあてていった。「わざわざ、遠いところ、私を探してまで教えてくださって、本当にありがとうございます」

旅先で一人の男と出会ったこと。その男から、唐突に大量の真偽不明のメッセージが送られてきたこと。そこにひき逃げの告白が書かれていたこと。彼が被害者の母娘に接近したこと。償う方法もわからず脳の病気をきっかけに撤退したこと。罪をなすりつける自殺者を探していること。

ちょうどウェイトレスが歩いてきたので、コーヒーのおかわりを注文した。

「九年前の話なんですよ、その事故」

「ええ」

真弓さんの言葉に一馬は頷く。

女探偵、咲島秋から該当事件の調査報告書を受け取ったとき、そんなに昔だったのかと少しおどろいた。

「実はお電話いただいたときにね、これを持ってきたほうがいいだろうと思って」

真弓さんは鞄《かばん》の中からクリアファイルをとりだした。横書きの字がびっしり書かれた便箋《びんせん》が入っている。最初の文章は〈今から罪の告白と謝罪をします〉であった。

「え？」一馬は思わず声をあげた。

「お読みになります？」

「な、なんですか？」

「六年前に届いたものです。たぶん、その人から」

差し出された文書を読む。

文章にある語りの癖が一馬に届いたメッセージと同じで、ＫＥＮが書いたものだとすぐわかる。しかし一馬に送ってきた文章とは、言葉遣いが異なっており、終始敬語だ。身の上話も詳細はほとんど書いておらず、ボランティアについても、エステ店を訪れたことも、真弓さんにモデルを依頼して絵を描いたことにもいっさい触れていない。たまたま道を走行中にひき逃げしてしまったことを告白し、謝罪すると共に、

〈自分のこの先の人生に何の意味も感じなくなってしまった〉ため、これから自殺する。それを償いと認めて欲しいと締めていた。遺書といってもいい。

「なんだこれ」読み終わって思わず一馬は呟いた。

「消印は埼玉の郵便局でした。もちろん警察にも届けました」

「六年前って、じゃあ、ぼくが会った人は、もうとっくに謝罪をしていたんですか」

「まあ、匿名《とくめい》の手紙で、謝罪といえるかどうか。私の立場からすれば、こういうのは本当の謝罪ではないです」

「そうですね」

確かに、被害者遺族は、顔と名前を晒《さら》さずにする謝罪など受け入れがたいだろう。

「絵描きさんのことはおぼえています。事故の翌年でしたかね、てっきり本当の絵描きさんだと思っていました。絵は上手だったし、すごく気合いを入れて描いてましたから。まさか、あの人が、って今日知って驚きですよ」

沈黙が訪れた。

「もしかしたら私、これ、知らないほうがよかったんじゃない」ぽつりと真弓さんが漏らした。

「すみません、蒸し返したみたいになってしまって」

「それでね、もう一件あるの」真弓さんは、別のクリアファイルをだした。そこには同じ筆跡の手紙が入っていた。

〈初めまして。いきなりすみません。今から私は罪の告白をします〉

と始まっている。

「これは、四年前の手紙です。同じ人から二回目のお手紙」

「え？」

内容は一回目と同じだった。ひき逃げをしてしまった。これから自殺して詫びます。前に同じ内容の手紙を書いたことには全く触れていない。そもそも、初めまして、から始まるのだから、二回目の手紙という意識がないようだ。

「どういうつもりなんだろう」

一馬は呟いた。

一度目の手紙から二年後、つまり四年前にもう一度改めて同じような内容の手紙を書いてだした。

「バカにしているのかしらと思ったけど」真弓さんは、うんざりだという風にいったが、微かに、面白がっているような感じもあった。「でも、話を聞いて、わかった。多重人格には詳しくないし、絵描きさんの頭の中身がどんな風になっているのかわからないけれど、たとえば別人格が手紙をだしたことを、他の人格は知らなかったりとか、記憶が乱れているんでしょう」

「探してみます？」

一馬はきいた。

「ぼくへの身の上話の半分でも事実なら、これだけ情報があれば、プロを雇えば彼を探せる。竹林さんを探してくれた人に頼めば、彼の本名も全部わかるかもしれない。ぼく、協力しますよ」

ああ、と真弓さんはいった。

「でも、それは、いいです。なんというか、もう」苦笑し、静かな口調で続けた。

「あのときの絵描きさんを探して、この大嘘つき！　なんて大声で喚《わめ》いて、警察を呼んでそのあと、刑務所に入れて、なんてことを今からしてやろうって気があんまりしないんです。そんなことをしても私の夫は帰ってこない。私の人生が劇的に良い方向に変わるわけでもない。私の持っている時間も精神力も他のことに使いたい。それに話を聞いていると、いろいろ病んでますでしょ。被害者に二回同じ手紙を書くとかね。追い詰めたらすぐにでも自殺しそうですし、そうなったら後味悪いもの。まあ、ね、なんにせよ、関わりたくないというのが、本音なのかもね」

「いいんですか、このままで」

一馬は呆然としていった。

「ええ」

あるいは〈彼〉は、旅人に身の上話を教えたあと、真弓さんに情報が行き、そしてその結果、真弓さんが自分を探してくれることを、この終わりなき迷走に決着をつけてくれることを、心のどこかで期待しているような気もする。

――誰かが私たちの旅路に強制的にでも終着点を設けるべきだと私は思う。

という一文が告白の最後のほうにあった。

しかし、真弓さんは探さない、といっているのだ。真弓さんには九年間の時間が確かに流れている。だが、彼は九年前に囚《とら》われ続け、ずっと罪人のまま、いつまでも、納得できぬまま、さまようことになる。それこそ彼にとっては一番の罰なのかもしれない。

店をでると、黄昏時《たそがれどき》で、空にたなびく雲が金色に輝いていた。

「それでは、ぼくはこれで」一馬は真弓さんに別れの会釈をしようとしたところで、ふと思いついてきいた。

「そういえば娘さんは、今は」どうなさっているのでしょう。

「娘は、今はイギリスに留学しています。強く明るく生きてますよ。死んだ夫が生きていればきっと喜ぶだろうという生き方を目指しているんですって。ひき逃げ犯が実は生きていて今もさまよっているということは、娘は今更、知らないほうがいいので、今日のことは私の胸にしまっておこうと思います」

改札口まで送ってくれた真弓さんと別れた。

電車に乗って下りる。雑多な人ごみ、帰路につく何百人もの人々。駅前の繁華街を歩きながら、一馬は、どこにあるともしれぬ〈彼〉が暮す神奈川県の瀟洒な邸宅を想像した。

絵はまだそこにあるのだろう。

部屋がいくつもあるその家の主は、いつも不在で、誰もいない家の薄暗い壁に、一枚の絵がかかっている。

絵の中から椅子に座った女がこちらを見て、いつまでもずっと薄く笑っている。

真夜中の秘密

1

掃除をしていると、庭先に雉《きじ》が現れた。

雌だ。雄は顔が赤いが雌は地味な体色である。

藤島泰斗《ふじしまたいと》は縁側でぼんやり雉を見た。

落ち葉の下に餌《えさ》になるものでもあるのか、つんつんと二、三回落ち葉をつつくと、樹間に去っていった。

　ここ群馬の奥深い自然の中にある家では、鹿や猿が道路を横切ることも日常で、雉とて、さほど稀《まれ》な遭遇というわけでもないが、泰斗は少し嬉《うれ》しくなりながら、家屋の掃除に戻った。

　掃除の休憩にお茶をいれる。

　九月も半ばを過ぎ、群馬県の山間部は、薄《うっす》らと秋の気配がある。紅葉はまだ先だが夏はもう終わっている。

ノートPCをいじってみたが、ネットに繋《つな》がらない。携帯電話も繋がらない。数日前に台風がきて土砂崩れで鉄塔が倒れた。復旧の目途《めど》は未《いま》だにたっていないという。それが原因だと思うが、谷間にぽつりとあるこの家はそうでなくとも電波があまり届かない。

谷間の家は、泰斗が母の死後、遺産として受け継いだ家である。資産価値はほとんどない。母の暮していた家というわけでもなく、そもそもは農業をしていた祖父の家で、祖父の死後は母が受け継いだのだが住むことはなく、漠然と物置や、別荘代りに使用してきたものだった。

泰斗は横浜育ちであったが、高校受験前に受験勉強に集中するため二週間滞在したことがある。何しろ娯楽がない場所だ。勉強するより他はない。小学生の頃からやっていたフルコンタクトの空手の夏の試合の前に、山籠《ご》もりのつもりで使ったこともある。朝起きると毎日ぞんぶんに庭に設置した巻き藁《わら》に突きや蹴《け》りを放ち、近所の山を登った。オートバイの免許をとってからは、よくロングツーリングの基地として利用した。両親は泰斗が谷間の家を使うことを喜んだ。ついでに掃除や手入れをさせれば自分たちが行く手間が省けるからである。

東京でのサラリーマン時代に、社内の人間関係でいろいろ揉《も》めたときも、退職して無職になったときも、この家にいくらか滞在して、静かな時間を過ごした。

母が死去し、家を継いだのが三十歳のときだ。そのとき泰斗は前橋に住んでおり、同じ群馬県にある谷間の家は横浜時代に比べれば、ずいぶん近くなっていたが、逆にそのせいで使い道はあまりなかった。ちなみに泰斗の父は横浜のうどん店で働いていた。谷間の家には全く興味を示さなかった。

泰斗はネットにHPを作った。

「レンタル民家・家を貸します・短期・長期・一日のみOK」「ペット大歓迎。庭で自由に走りまわれます」「こんなときにお使いください。一・手ぶらで、ちょっとだけ田舎暮らしをしたいとき。一・夏休み、冬休みに格安の別荘が欲しいとき。一・映画の撮影などで田舎の民家が必要なとき。一・静かな場所で芸術、音楽などの創作活動がしたいとき（周辺は半径一キロ無人です）。一・その他なんでもご相談ください」レンタル代も、一ヶ月、一週間、三日、一日だけ、と決めたが、きちんとした貸別荘でもなく、固定電話もない。自分が常駐してサービスできるわけでもないので、かなり安めにした。「人数×宿泊費」ではなく、何人で泊まっても金額は変わらないようにした。

ネットに掲載した明るい写真と、おそらくこの低価格の設定が良かったのであろう。レンタル民家を始めるなり、いきなり夏休みに家族で一ヶ月使いたいという申し込みが入った。その後も続々と申し込みがきた。漫画家志望の男がこもって作品を仕上げたいとのことで、三ヶ月借りていったこともあった。一度、悪質な客に未払いのまま逃げられたこともあったが、概《おおむ》ね、常識人の客のほうが多く、みんな綺《き》麗《れい》に使ってくれた。

そして今回は、大学の映画研究部だという学生グループに貸したあとの掃除に訪れたのである。本来なら面倒な掃除も、他人が金を払う商品を磨いていると思うと身が入る。

一通り清掃を終えて、うどんを作って食べてから昼寝をした。泰斗は普段は前橋のホームセンターで働いているが、今日と明日は休日であった。

目が覚めると陽が傾いていた。次のレンタル予約はまだ二週間先でしばらく宿泊客はこない。片道四十分ほどかかる前橋の自宅アパートに戻ってもいいが、念のため食材と読みかけの本を一冊持ってきていたので、その日は泊まっていくことにした。

夜は庭で肉を焼いた。一人でバーベキューである。肉を焼きながら、紙箱の燻製器《くんせいき》を地面に置き、燻製を作った。チーズや卵や肉や鮭《さけ》が箱のなかで燻《いぶ》される。前橋の住居はアパートなので、ここにくると賃貸の部屋ではできないことをする。それからビールを飲んで寝床に入る。

　自分の滞在時に電波が届かないのはまだいいが、商売上、通信環境がないというのは致命的である。できるだけ早急の復旧を祈るしかない。

　深夜であった。泰斗は身体《からだ》を起こした。昼寝をしたせいか眠りが浅い。山間部の冷え込みは強く、肌寒い。車の排気音が遠くにはっきりと聞こえた。

　遠い道路の排気音も、この谷はとても静かで音を反射するので、聞こえてくるのである。

　音は次第に接近してくる。まさか――自分の家が目的地か。この時刻に？　だが車は家の前を通過し、山を上り始めた。

　庭にでると山肌にヘッドライトの明りが見えた。

　この周辺には全く人が住んでいないというわけではないのだが、家の前の山の中の道路を深夜に車が走ることは滅多にない。なぜなら山の中の道路はそのうち未舗装の林道になり、最終的には行き止まりになるからだ。山菜や茸《きのこ》採《と》りをする時間とも思えない。泰斗は何か予感に突き動かされて服を着替えると外にでた。

果たして道をあがっていくと、静まったアスファルトの道路の、林道前の転回スペースに日産マーチがとまっていた。

ナンバーは足立だ。東京からである。ヘッドランプで中を照らす。ポケモンのキャラのぬいぐるみがダッシュボードにひとつある。座席には誰も乗っていない。後部座席にはブルーシートがかかった大きな荷物が積んである。

泰斗はヘッドランプを消すと闇《やみ》の林道を慎重に歩いた。

何もかもを飲み込んだような深い闇だった。

やがて前方に灯りが見えた。

泰斗はゆっくりと、それこそ五秒に一歩という速度で気配を消して近寄っていった。

全身レインコートの人物が大きなシャベルで穴を掘っていた。ぶつぶつと独り言をいっている。（大丈夫かな）（なんだよ、土かたい、もういやだ）声で女とわかった。

しばらく様子を見てから、意を決して声をだした。

「死体でも埋めるんですか」

女は無視してシャベルで掘り続ける。

泰斗は闇の中から、今度はもう少し大きな声でいった。

「死体でも埋めるんですか！」

女の肩がびくりと震え、動きをとめる。

「え、あ、え？」

闇が深く、女からは泰斗は見えていない。

泰斗はヘッドランプを手にもち、点灯して女に向けた。

「向こうにとまっている車、あなたのでしょ。ナンバーも控えたからね。逃げないで。いったいあなた、今、何をやってるんですか」

女は眩《まぶ》しそうに手をかざしてランプの光をさえぎった。

「もういやだよお」女は蹲《うずくま》った。

女は二分か三分、じっと亀のように動かない。

「ここでこうしていても仕方がないから、いったん私の家に行きましょう」泰斗は提案した。

2

谷間の家に女を連れて帰ってきた。

レンタルハウスの駐車スペースには泰斗のスズキ・ジムニーと女のマーチが並んだ。

泰斗はじっと黙っている女を家にいれると、ちゃぶ台に向かいあって座った。ストーブをつける。

時刻は深夜三時前後である。

「とりあえず、レインコートを脱いだら」

女はいわれるままにレインコートを脱ぐとじっと泰斗を見た。若い女だ。二十代後半ぐらいだと思う。髪は薄く茶色に染めて、ネイルアートをしている。穴を掘るときは軍手をはめていた。シャベルで穴を掘るのにネイルをしているのか、と思うが、逆にそれが彼女の無計画さを象徴しているように感じる。

泰斗はお茶を出した。カチコチと時計の秒針の音が大きく、時間が流れていく。

「布団《ふとん》を出してあげるから、まずは眠るといいよ」

泰斗はいった。

「あの」女はぺこりと頭を下げた。「ありがとうございます」

礼をいわれても困る。

「ここに住んでいる方ですか？」

「ああ、まあ」

泰斗は立ち上がると部屋をでた。この家に住んでいるわけではないが、レンタルハウス云々《うんぬん》を説明したくなかった。

部屋の一つに女のための布団を敷いた。

もちろん泰斗は別室で寝た。眠る前に通信状況を確認した。やはり電波がなく、通話もできずネットも繋がらない。警察に通報する方法は、〈谷をでて電波の通じるところまでいって電話をかける〉か〈直接市街地に行き、交番にかけこむ〉であろう。

翌朝、泰斗は八時に目を覚ました。眠りについたのが三時をこえていたので睡眠時間は短い。

彼女はもう起きていた。

「おはようございます、あの、このへん、コンビニとかないですか」

「ああ、片道三十分かかるけど。車で」

「そうですよね」女は小さくいった。

とりあえず自分一人ぶんの朝食用のインスタントラーメンがあった。茹《ゆ》でて半分ずつにしてだした。昨日作った燻製もいくつか皿に載せてだした。

「おいしい」ラーメンをすすりながら女の目に涙がにじんだ。

「あんまり眠れていないんじゃない」

「はい」

「死体埋めにきたの？」

これは、まだ泰斗がはっきりと確認していなかった事である。この答え次第で、こちらの出方は全く違ったものになる。今なら、いいえ、死体を埋めにきてなどいません、ただ穴を掘ってみただけです、ごめんなさい、さようなら、といって彼女は去っていくことができる。無論その場合も念のために自分は通報するだろうが。

「はい」

女は答えた。泰斗は肩を落とした。

話を聞くと、昨日は一日中、何も食べずに遺体の捨て場所を探し回っていたらしい。例の場所は午後三時ぐらいに一度目星をつけ、他にいい場所はないかと夕暮れまであちこち彷徨《さまよ》ったのち、夜になってから戻ってきたのだという。

「もう通報しましたか」女はおずおずといった。

「いや、まだしていない」泰斗は返した。

「ここって、電波届いていないですよね」女が確認するようにいう。

「このあいだの台風の影響でね」泰斗はいった。「これから一緒に警察行く？　付き添ってもいい」

　女は目を伏せた。それから顔をあげた。

「見なかったことに、できないですか」

「え？」

「あの、私が殺した男が、本当にひどい奴で、長年ＤＶを受けていまして」

「彼氏」

「ええ、まあ、はい」

　女は話した。

　現在、二十六歳で、殺したのは同棲《どうせい》していた男。もともと異常に嫉妬《しっと》深く束縛が激しかった。日頃から喧嘩《けんか》が絶えず、ついに大喧嘩になり、殺されそうになったのでナイフで刺してしまった。

「そうなんだ。一線を越えちゃったんだ」泰斗はぼんやりといった。

「以前、殴られたとき、警察に電話して、訴えたこともあったんですけど、ゼンゼンたよりにならなくて」

「そのとき、別れていればよかったのに」

「それは」女の顔が曇った。「そんなの、簡単に行くなら、苦労はないんですよ。もろにストーカー気質の人だったんで。ほんともう、ヤバいんですから。絶対別れない、地獄の底まで追いかけて、別れるといったことを取り消させてやるぞってタイプの人。つきあったことをずっと後悔していました」

そこで、女は、えふっと泣きじゃくりはじめた。

もっと話せばいろんな情報がでてくるのだろうが、関わりを深くしたくない気持ちのほうが強い。

「ちょっとお茶でもいれてくるから、ゆっくりしていて」

泣きじゃくる彼女を座敷に残して部屋をでた。

——見なかったことに、できないですか。

それはもう無理だ。DV彼氏の話が事実なら同情する。裁判でいくらかの情状酌量もされるはずだ。電波状況が復旧したかと思い、もう一度携帯電話をチェックするが、まだ電波は通じていなかった。ここでは通報する手段がない。

家の外にでて、車に向かった。

ともかく、彼女は家に置いておき、ジムニーで電波が通じるところまでいこう。今、すぐに——とジャケットのポケットに入っているはずのジムニーの鍵《かぎ》を探ったが、何もなかった。

家の中に戻った。

どこかに鍵が落ちていないか自分が寝た部屋を確認する。客に貸す部屋なので、私物はほとんどない。バッグを探る。鍵は見つからない。では、彼女が盗んだのか？泰斗の中に冷たい怒りが湧《わ》いてくる。自分よりはやく彼女は起きていた。ジャケットのポケットを探るぐらいは容易だ。

台所に行くと水を飲んだ。考える。どのように話すか。すぐさま車の鍵を盗っただろうと、詰問《きつもん》するか。しかし——。

気配があったので振り返ると、彼女がすぐ後ろに立っていた。上目遣いに泰斗を見ている。薄暗いキッチンにて妙な間があった。

「何」

「お兄さんはここで何してる人なんですか？」

「いや」こちらの情報を教える気はなかった。

時がとまったような間があった。彼女は身動きしない。

「いいですよ、私、お風呂《ふろ》入ってなくて汚いけど」と彼女は小さくいった。

「ん？　いや、え、お風呂入れろってこと？」

「あ、まあ、入りたくはあるけど」

意味がわからない。ここの風呂は、薪《まき》で焚《た》く。時間もかかるし、今そんなことをしている暇はない。だいたい死体遺棄をしにきた女になぜ赤の他人が風呂をサービスしなくてはならないのか。図々しすぎやしないかと苛立《いらだ》ってくる。

女はおずおずと一歩踏み出すと泰斗の胸に手をあてた。

「胸板厚いっすね〜お兄さん」

ああ、そうか。そういうことか。

ここでようやく思った。

「いやそれはダメだよ」

だが女は黙って泰斗の手をとり、己の胸に誘導した。

柔らかい感触がある。ちょっと待ってくれ——泰斗は思った。強引にその方向に持ち込むのをやめろ。そして今の問題はジムニーの鍵だ。車の鍵を返せ。「やめろよ、マジで」女の手が絡《から》んでくる。いや、やめろ。

「さっきの話だったら、嘘《うそ》だよ」

さっきの話とはＤＶ男の話か。どの部分がどのぐらい嘘なのか。泰斗の中で爆発的な不快感、そして恐怖が湧き上がってきた。

「やめろよ、興味ねえよ、薄汚い真似《まね》するんじゃねえよ！」

泰斗は思いっきり彼女の頬を張った。

彼女は崩れ落ち、「にたり」という擬態語が似合うような笑みを浮かべた。

「いってえな、何すんだいきなり、ざっけんなマジで」そこで女は金切り声をあげ、そして台所の片隅にあったフライパンを掴《つか》むと、「ああっ」と奇声をあげて向かってきた。

3

「大丈夫か」

女は畳に転がっていて動かない。

倒れている女を無視してコーヒーをいれて飲んだ。女はずっと同じ姿勢で倒れている。皿に出したままのスモークチーズをつまんで口に放り込む。ショックで動けないのか、ダメージを大げさに表現して罪悪感を抱かせるつもりなのか。

「それはなんなんだよ、死んだふりか何かしてんの？」

次第に不安になり、女の呼吸を確かめる。息はしていない。

血の気が引いた。

――なんで息してないのこいつ。

〈殺すほど殴ったか〉という問いには自信をもって答えられる。殺すほどには殴っていない。フライパンをよけながら、廊下に逃げた。やりあった。まわし蹴りをくりだした。ヒットした。女がのけぞる。襖《ふすま》が破けた。女はなおも向かってきたので中段突きをした。胸にあたった。女は吹き飛んで畳に転がった。そんなところだ。

遥《はる》か昔、少年時代の道場の師範の声が甦《よみがえ》る。

――空手のわざは、凶器だからね。

いや、いや。泰斗はかぶりを振った。もちろん鍛え上げた蹴りも突きも凶器だが。そんなことはわかっているが、もはや空手をやめてから十年以上たつ。死ぬか？　普通。

死ぬのかもしれない――泰斗の体重は七十二キロ。女は見たところ六十キロない。空手道連盟の階級では、対戦が危険とされる体重差である。日常でなんの鍛錬もしていない上に、睡眠不足で疲労困憊《こんぱい》した人間が、十キロ以上の体重差がある武道経験者の放つ強い衝撃を胸に受ければ——死ぬのかもしれない。現に死んだ。

救急車は、電波が通じない以上、ここには呼べない。どうすればいいのだ。泰斗は愕然《がくぜん》とした。死体を載せて病院に運びこむか。いや、死体はここに残して、単独で警察に行くか。

自分の罪状はどうなるのだろう。かなり面倒臭いことになる。正当防衛だと自分では思う。平和な日常に、突然災難がふりかかってきたのだと説明したい。殺意などなかった。フライパンをもって殴りかかってきたから応戦しただけだ。だが、どうだろう。目撃者のいないところで、男が女を殺して、正当防衛だったと言い張る。通じるだろうか？

泰斗はマスクとビニール手袋をすると彼女の服のポケットを漁《あさ》った。すぐに免許証がでてきた。住所を確認する。

彼女は二十六歳と語っていたはずだが、免許証の年齢は三十四歳だった。そんなことはどうでもいい。住所は江戸川区だ。アルトハイツ２０７号とあるからマンションかアパートだろう。泰斗のジムニーの鍵は彼女のレインコートのポケットからでてきた。やはり盗んでいた。

まず彼女を庭先で泥まみれにした。特に靴とズボンの裾《すそ》を泥で汚す。手にも泥をつけておく。

彼女の車、マーチのドアを開く。ナビはある。ＥＴＣもついている。ドライブレコーダーはついていない。

助手席に生の気配のない彼女を座らせる。

まだ死んだばかりの彼女は眠っているように見える。ガラス越しに通行人が見るぶんには死体と気がつかないはずだ。

他に何かしておかなくてはならないことはあるか。考えながら、リュックに荷物を入れていく。午後三時すぎに、泰斗は彼女のマーチを運転して出発した。

助手席には彼女の死体がシートベルトをして座り、後部座席には名も知れぬ男の死体が布団袋に入っている。

（死体を二つ載せた車を運転しているのだ）と思うと、全身に冷や汗が滲《にじ》んだ。

女の車は臭い。後部座席の死体が臭《にお》わないように、臭い消しにいろいろ積み込んだらしく、シートにも大量の香水がふってある。

日がどんどん暮れていく。

泰斗の計画はこういうものだった。

彼女のマーチに、彼女の死体を載せて（他に死体がもう一つあるが）、免許証にある彼女の江戸川区のマンション前まで送り届ける――そして、ハンドルやシフトレバーの指紋を拭《ふ》き取ったあと、彼女を運転席に座らせ、車をそこにおいて、誰の目にもつかないようにその場を去る――それでおしまい。

もちろん、死んだ女が運転席に座る路上の車は、その日のうちに発見されるだろう。女のポケットには免許証もあるし身元の発覚もはやい。後部座席にある死体も調べられる。警察はいったい何が起こったのだ？　と二つの死体の様子と異なる死亡推定時刻から、推理する。

「運転席の女は、一緒に暮していた男を殺し、自分の車を使い死体を棄《す》てに山に行った。おそらく山中で滑落したかで身体に打撲痕《こん》ができ、泥まみれになった。結局死体は棄てきれず、自分で車を運転して自宅まで戻ってきたところで死んでしまった」

もちろんそこは警察だ。侮《あなど》れない。何者かとトラブルになり暴行をされた可能性も推測するだろう。死亡推定時刻が明確にわかるのなら、運転者は彼女ではない、と気がつくかもしれない。しかし、うまくいけば警察は、自分の描いたストーリー通りの判断をくだし、捜査は終結するかもしれない。

とにかくＥＴＣ履歴は間違いなく見られる。群馬県では高速道路には入らず、できるだけ谷間の家まで辿《たど》れないような遠回りをして、江戸川区まで行くのだ。

4

ごほん、と咳《せき》をする音が助手席からした。

泰斗は一瞬だけちらりと横に視線を向けた。乱れた髪で顔が隠れた女が、傾いたシートに座っている。

外は暗く、時速六十キロほどで国道を走っていた。

「ここ、どこ」

掠《かす》れた声だった。

生きていたか。深い安堵《あんど》が押し寄せてきた。

「知らん、家に行く途中」自分の声が震えているのがわかる。思わず涙がにじんだ。

よかった。

「なんで……家？　家って私の？」掠れ声だ。

「ああ」

横に視線を向けようとしたが、怖くて向けられない。なぜこんなに怖いのだろう。彼女が実は生きていないような気がするからだ。

「そっか」助手席から女の声が答える。なぜ住所がわかるのかと質問してはこない。なんとなく気まずくて、泰斗はいった。

「免許証見させてもらったから」それであなたの住所がわかったんだよ。ナビの〈自宅〉アイコンをタッチしても、同じ住所がでた。

しばらく無言だった。高速道路の入り口が近づいてくる。だいぶ谷間の家からは離れている。もうこのあたりからなら乗ってもいいだろう。泰斗は高速道路の方向にハンドルをきった。

「警察にはいかなかったの」

彼女がいった。

「もうちょっと今からは、ね。君を、家に送って、俺は帰る。殴って悪かったけど、向かってきたから」

返事はない。特に返事を求めてもいなかった。

「ＤＶ彼氏の話は嘘」

彼女は少ししてからいった。

「私はずっとひどい仕事をしていた。思い出すだけで吐き気がするような仕事ばかり。ね、わかる？」

「わかる」

小さく答える。

視界の端で、ぼさぼさの髪の中から化け物がじっとこちらを窺《うかが》っている気配がある。

「あんたに話してもしょうがないし、あんたにいってもわかんないだろうけど。でも、我慢して苦労してがんばってたんだよ。で、そういう私を見下したやつがいたの。死ねって本気で思ったけど、誰だと思う？」少し間を置いて彼女はいった。「一緒に暮していた男です」

「うん」

「彼氏じゃなくて」彼女はいった。「父親なんだけど」

「そうなんだ」

三十四歳で父親と同居は、家庭内で諍《いさか》いが発生しやすいように泰斗は思う。

「それで、あなたは、仕事は、何をしていた人なの」

「役者」

劇団か何かに所属しているのか、映画やＴＶにでる人なのか、とそちらの方向に話をふろうかと思ったが、やめた。黙っていると付け加えるように彼女はいった。

「声優もやってた」

役者や声優が、〈思い出すだけで吐き気がするような仕事〉なのだろうか？　おそらく〈ひどい仕事〉のほうは、役者や声優とは別にしていたのではないかと泰斗は思う。

「まあその話はいいんだけど、もう壊れかけててさ、父親。前は郵便局員だったんだけど、ノルマに追われて精神病んで退職。でたらめなことばかりいうんだよ。辻褄《つじつま》のあわない堂々巡りをさ。ついでに独り言で、なめやがって、ぶっ殺すぞとか、頭のなかの誰かに向かって言い続けている危ない奴でね。きのう、いや、一昨日だね。喧嘩になって、ストーブの電源ケーブルで首絞めて殺しちゃった」

「そっか」泰斗はいった。「お母さんは何しているの」

「お母さんは、私が高一のときに、首吊《つ》って自殺。今でもおぼえている。その日、確かに変だったんだよ。なんか豪勢な料理？　七面鳥の丸焼きを作るとかなんとかで。クリスマスでもないのに。で、食べて欲しいから家にいてね、っていわれたけど、私なんか怖くて。今までそういうこと一回もしたことなかったからさ。これは何か起こる、巻き込まれたくないって思って一晩中友達の家にいたんだ。そしたら夜のうちに首を吊ってた。第一発見者は私で、近くの交番にかけこんだんだけど、誰もいなくて。で、警官が戻ってくるまで、じっと待ってた。そのときの遺書がね、〈周囲が酷《ひど》すぎる〉だから。よくあるじゃない、家族に謝罪する遺書。ごめんなさいとか、そんなん一言もなくて、〈周囲が酷すぎる〉の一文のみ。ほんとの理由はね、不倫相手にふられたからなんだよ。死ぬ前日の朝から泣いて私に相談してきたから知っているんだ。でもま、それはさすがに遺書には書けなかったんだろうけど。要するに、私も、お母さんの不倫相手も、父親も、みんなお母さんの〈周囲〉なわけで、〈周囲〉へのあてつけで死んだんだ。

　私の直感は正しかった。たぶんあの夜、家にいたら、道連れにされていたんだと思う。結局まだ料理されていない七面鳥と、睡眠薬が台所にあったから。料理に睡眠薬いれて私を眠らせてから首を絞めるつもりだったんだと思う。より悲惨な状況を演出して、父や、自分をふった不倫相手に大きな打撃を与えるために。母が首を吊った日の翌日かな。父は涙も流さず『七面鳥には罪はない。これはこれで食べよう』とかいって、ああ、もう何もかも狂ってると思ったわ、そこから私は不登校。でも自力でメンタルたて直して、高卒認定とかもとって、めちゃくちゃ働いて。結局これかって」

彼女はふと気がついたように、「なんで私の服、こんなに泥で汚れてるの？」といった。

泰斗は答えなかった。

数分の沈黙の後、彼女は、泥で汚れている理由を思いついたようで、へへっと笑った。

「あんたもさ、自分が殺したとなったら通報しないで、隠蔽《いんぺい》考えたでしょ？　家まで死体載せて運転して、車置いて逃げようって思ったんでしょ。私の車に私の死体と私の親の死体。これであとは適当に説明つくだろうってんでしょ、あんたも私と一緒じゃない。こんなクズ殺したぐらいで自分の人生失いたくないってなったんでしょ？」

図星をつかれて動揺しながらいった。

「いや、でも生き返ったじゃない」

女は何もいわなかった。

しばらく車は高速を走った。

ふとまた女がいった。

「帰らなくていいよ、旅しよう」

「旅？」

「ねえ、どこか静かな温泉街とか行こうよ。身体が汚れていてキモチワルイよ。ずっとお風呂入ってないし」

泰斗は、うーん、と、小さな唸《うな》り声で返した。

「俺なんかじゃなくて、誰か他の仲がいい人と行ったほうがいいよ」

「今行きたいんだよ。後部座席にオヤジの死体載せてたら誰も行ってくれないよ。ねえ、行こうよ。あったかい布団でゆっくり寝て、おいしいもの食べておきたいよ」

泰斗は運転に集中する。

彼女は再び沈黙している。ラジオをつける。一昔前のJポップが流れてくる。ふだん好んで聞くタイプの音楽ではないが、耳障《みみざわ》りというわけでもない。

十分か、十五分か。いつのまにかラジオが消えている。

女がまた話しはじめる。

「私マジで生まれてくるんじゃなかったって思ってる。私はさ、いつも小さな頃から思ってたんだ。〈人生は誰かのために生きられたらそれが一番素敵なんだろうな〉って。サポートタイプなんだよ。それが祟《たた》ったわ。どいつもこいつも私のそういう性質を利用して裏切るやつばかり。父親もそのうち私の稼ぎで生活するようになってさ。

もう誰のためにも生きられないし、かといって、どうしたらいいのかもわからない。終わってんだよ。私自殺してもいいんだ。一緒に死んでとはいわないけど、これも縁じゃない。寂しいから見届けてよ」

視界の端にある女の影は口裂け女のような異形《いぎょう》で、もちろんそれは光の加減での錯覚なのだと思っていた。とても顔を向ける勇気はでなかった。

また無言の間が置かれる。

泰斗は思う。彼女と自分は違う。だが、自分は彼女を殺人犯だと心の底から軽蔑《けいべつ》できるのか。大きく道を踏み外しこそしなかったが、特に十代、二十代は真面目《まじめ》で誠実に生きていたわけでもなく、ヤンチャと呼ばれる類《たぐ》いの性向もあった。工業高校を中退し、就職したのは詐欺《さぎ》まがいの営業をしているブラック会社で、暴力団員めいた上司が毎日部下を恫喝《どうかつ》していた。そこを自主退社したあと、ラーメン屋を開業したが一年もたずに潰《つぶ》してしまった。無職、無収入で呆然《ぼうぜん》としていた時もあった。それでも人生が沈没しなかったのは、他人の善意や親切が救い船になったからだ。前橋のホームセンターの仕事も、従兄弟《いとこ》の紹介があったから就けた。彼女のような環境で育ったら、自分だって一線を踏み越えていたのではないか。

「殺人鬼になろうかな、私。これからはもう、気にくわないやつ順番に殺していくのもいいよね。でも、あんたが、このまま一緒に旅してくれるならやめておくけど」

「面白い脅し方をするんだね」

「冗談をいっていないときに面白がられてもね。どこでもいいんだよ、お金は全部私が払う。一泊三万円とかでも払う」

車はもう江戸川区に入っている。やがて女の住む家が近くなってきた。

薄暗い住宅街で車をとめた。

「事情があるのはわかったけど、関わりたくないんだ。申し訳ない。やり過ぎたのは悪かった。かわりに警察にはいかない。俺たちは出会わなかった。俺は何も見ていない。それがこの件に対する俺の譲歩だ。あとは自分で判断して、自首でも逃亡でも……」お好きなように。と続けるつもりだったがそこで言葉が途切れた。

女からの返事はない。咳も寝息もきこえてこない。

本当は死んでいるのではないか。さきほどまで話していたのは自分の願望が幻の声を聞かせていたのではないか。

助手席を視界に入れざるをえないが、顔をそむけてなるべく見ないようにする。暗がりの女は身体を前にかがめており、やはり死んでいるように見えた。

カチャリと車のドアを開いて外にでる。

前、後ろ、集合住宅のベランダ。あたりを見回す。目撃者はいない。やはり都会の九月の夜は、寒くはない。長時間の運転で身体が強張《こわば》っている。両腕を上にあげて伸びをする。

泰斗は暗い町を足早に歩いた。突き当たりまで進むと、大きな道にでる。胸騒ぎがする。

自動販売機でアクエリアスを買うとその場で飲み干した。思わず、もう一本買う。

それから泰斗は道を戻った。マーチはそこにとまっていた。

なぜ戻ってきたのか。

どうしてだか、彼女はまだ生死の曖昧《あいまい》な領域にいて、自分が戻れば彼女は本当の意味で生き返り、自分が去れば、彼女は死体となる——今ここでそういう選択をつきつけられた、という気がするのだ。

ありえぬ話だが、なんにせよ、彼女はいった。あんたが一緒に旅してくれたら殺人鬼になるのはやめておく。

ドアを開いた。

「いいよ、じゃあ、殺人鬼にならないように、一緒に旅をしてやるよ。生きてるなら、顔をあげて、飲みものでも受け取れよ」

女はすっと手を伸ばし、ペットボトルを摑んだ。

5

疲弊しきっているはずだったが、むしろそのせいか、脳が妙に冴《さ》えていた。

改めて女に名前をきいた。女は佐月希亜《さつきのあ》と名乗った。

とりあえず仮眠をとるため「二時間ご休憩三千五百円」というホテルでシャワーを浴びて一時間半眠り、その後、マーチで東北自動車道をひた走り、車内から栃木県の温泉旅館に電話をかけ予約、昼すぎに到着して、二泊した。その間、死体はブルーシートをかけて後部座席に置いたままだった。勤め先のホームセンターには、身内に不幸があったので三日ほど欠勤せざるをえないと電話を入れた。

佐月は浴衣姿で、泰斗の「突き」がつけた痣《あざ》を見せ、日本酒を呑《の》んで頰を赤らめ、からからと笑った。

部屋は一つだったが、身体を交えることはなかった。初日は眠りこけた。泰斗には彼女が死んでいなかったことに対する〈ご祝儀《しゅうぎ》感情〉とでもいうべき高揚があり、また佐月のほうも、死体を車に積んでいるという異常状況故の高揚があるようだった。

彼女は温泉で休んだら、気分を改めて自殺をするといった。泰斗はなんとかそれを思いとどまらせ、自首させる方向で説得した。

だがお互いの〈解決だと思う選択肢〉は話しているうちに一致しはじめていた。

彼女がどこかに死体を埋めて、泰斗が黙っていればいいのだ。

それが本当の意味での解決ではないのは明らかだったが、本当の意味での解決などというものが、この段階で果たして存在するのかどうか。

温泉旅館をでると、佐月は、マーチで泰斗を群馬の谷間の家まで送っていく、といった。温泉旅館から公共交通機関を使うと、バスと電車を何本も乗り継ぐことになり、五時間近くかかる。ぜひ送ってもらいたいところではあったが、それなら前橋までにして欲しいと頼んだ。前橋は職場に近い。谷間の家に置いてきたジムニーは後日とりにいけば問題ない。

前橋に向かう車中では、二人とも言葉少なだった。

「今日、前橋まで俺を送ってからどうすんの」

「埋めに行きます」

「だったら、先に埋めにいけば」

「昼から？　先にって一緒に？」

「こうなったらもうこれも縁だよ。最後の親切で、つきあってやるよ。もうここまでくると、微妙に共犯だからさ。変なとこ埋めて、すぐ発覚すると俺も困る。埋めるなら、あるよ、人が全然こないところ」

泰斗は、群馬県の山道にある廃屋のレストハウスに案内した。廃屋が日隠しになって道路から駐車している車は見えない。万が一誰かがきても、廃墟《はいきょ》見物のふりをすればごまかせる。

埋める場所はこの廃屋の奥にある空き地である。

彼女は自分一人で埋めるといった。穴を掘り始めた佐月を少し離れたところで泰斗は眺めていた。

死体遺棄を手伝えば、もはや言い逃れの余地なく犯罪者の仲間入りだが、なぜ自分が何の関係もない罪を背負わなければならないのだ、という気持ちはもうなかった。ここまできたならもう一線は越えている。むしろ、自分がついていかなければ、彼女が自殺するような気がした。

「大丈夫、絶対ばれないだろ、ここなら」

泰斗は励ますようにいった。

おそらく、あの死体を載せて運ぶ東京までの長いドライブで、自分は向こう側——彼女の側へと移ってしまったのだ。吸血鬼やゾンビが周囲のものを仲間にしてしまうように、なにか得体の知れぬものに感染したのだと思う。

前橋までやってくるともう夕方だった。

市街地で、二人で餃子《ギョーザ》を食べたあとに、店の前の駐車場で別れた。

「じゃあね、さようなら。誰にもいわないから、俺のことは気にすんなよ。がんばれよ」

「本当にありがとうございます」

二度と会うことはないだろう江戸川区の女の顔を泰斗は最後に眺め、なぜか握手をしてから「誰かのためっていうより、自分のために生きろよな」と言い残して去った。

彼女が自分の突きで、死なないでよかったと心の底から思った。

冬の間、谷間の家は雪に閉ざされる。水道も凍る。凍ったときは水道管を温めねばならず手間がかかる。

レンタルハウスの営業を停止しているわけではないが、冬はほとんど申し込みがない。

ところが十一月の終わり頃にHPにメールで申し込みがあった。十二月半ばから四ヶ月ほど借りられないかという。

オフシーズンの長期客は大歓迎である。

では代表者の氏名、住所、連絡先、料金の支払い方法などを選択してください、と記入フォームを送ったところ、江戸川区の女性一名で、佐月希亜と書かれて戻ってきた。

彼女と別れてから、二ヶ月が経過していた。

泰斗のなかではもちろん〈あなたには貸せないので、お引き取りください〉という選択肢も浮かんだが、どうしても断りたいというわけでもなく〈では鍵をお渡ししますので、受り取り方法を次の中から選択してください〉と事務的に対処した。

冬の間に誰かが家に滞在してくれるのは悪いことではない。

二ヶ月ぶりに会った佐月は、車をマーチから軽自動車に替えていた。タントである。髪も切っていて、化粧気もなかった。話をきくと、マーチを売却してタントを買い、父と暮していた江戸川区のアパートは引き払ったという。

庭に焚き火台をだして、二人で魚や肉を焼いた。

「なんでここにきた？」

「うん。なんでかな」

佐月は首を捻《ひね》った。

「よくわかんないや、あの家なんだったんだろって検索したら、レンタルハウスのHPあるの見つけちゃって。ああ、そういうことね、あの人、ここの大家さんだったんだって。で、見ていたら低料金で長くいられるし、私、なんかもう疲れちゃって、今はぼんやりする時間が欲しいし、大家さんが事情を知っている人なら、詮索《せんさく》もされずに安心できるし」そこで佐月は言葉を切った。

「〈どうしてこう行動しているのかわからないけれど、そうしてしまう〉っていうのない？」

「ないな。それに、今説明きいたんで、どうしてここにきたのかは、わかったよ」

「ばっさり、ね」彼女は苦笑した。「いいの、借りて？　大丈夫。私は一回死んだんだから、後は静かに幽霊みたいに生きるよ」

話が一区切りつくと、佐月は財布をだし、

「とりあえず一ヶ月ぶん前払いで払います」

といって数枚の一万円札をだした。

良い冬だった。日常は泰斗もホームセンターの仕事があって忙しい。その年はボーナスが多めにでた。同僚と鍋《なべ》パーティーをしたり、高校時代の友人とスノーボードにいった。

十二月の半ばからレンタルハウスは雪に閉ざされた。スノータイヤをはかせたジムニーで様子を見に行くと、佐月希亜はひたすら雪遊びをしているようで、そこら中にかまくらや、雪だるまがあった。

「かまくら入る？」

彼女が誘った。

「寒いだろ」

といいながら、つきあって彼女が作ったかまくらに入る。七輪をだしてかまくらの中で餅《もち》を焼いた。

「ここ退屈すぎてウケる。でも、悪くないね」彼女はいった。

「そりゃよかった」泰斗はいった。「今度釣りをするから、鱒《ます》の燻製作りにくるよ」

狭いかまくらのなかで身を寄せると服越しに肩がふれあった。

「ここって何人泊まっても料金一緒なんだよね？」

「ああ、そうだけど」

「このあいだね、山伝いにおりてきたって女の人に会った。その人、何年も誰もこない山の中で団栗《どんぐり》とか拾って食べて、時々町におりて数ヶ月バイトして山に戻っていくんだって。山の中っていっても、郵便配達も誰もこない、誰も知らないところだって」

「どこの山？」

「わからない。国道でヒッチハイクしてたのを拾った人で、一緒に鍋やって、幻のように去っていった」

「その人、泊まっていったの？」

「うん、話していたらもりあがっちゃって、一日だけ。いいよね」

「もちろん」

レンタルハウスは何人泊まっても料金は同じ。宿泊者が了承しているなら、問題もない。

「その女の人は昔家族が殺人事件を起こして、ストーカーみたいなのにつきまとわれていたんだって。山の中っていってもここみたいなちゃんとした家ではなくて、本当に廃屋みたいな小屋を自分でなおして、なかにテントをはって暮していたんだってさ。

でもね、もうストーカーもでなくなったから、しばらく山には戻らず旅をしようと思っているんだって。まずは久しぶりの大都会の東京にでて、一年ほど働いてから、二年ほど海外をまわってそれから山の中に戻るっていう計画を抱いて、山を下りてきたところだっていうから、私なんかその人生に衝撃受けてさ」

三月の終わり頃である。まだ庭に雪が残る平日のある日、いつものようにジムニーで様子を見に来た。

もしもずっとここにいたければ、ここの常駐スタッフをするという手もある。一室をスタッフルームとして確保し、繁忙期には、掃除その他の管理をする。この提案に対しての、佐月希亜の意向を聞きたいと思っていた。

だが駐車場に彼女のタントはなく、家に入ると、全《すべ》てが綺麗に整頓されていた。ちゃぶ台に置き手紙があるのを見つけた。

「人生をくれて、ありがとう。旅立ちます」

と書かれていた。

6

彼女がいなくなって一ヶ月間、彼女のことが気になって眠れない夜が続いた。

どこに行ったのだろう。とはいっても、不自然にいなくなったわけではない。三ヶ月半のレンタル期間は、ほぼ本人の告知通りであり、彼女が出発するのはむしろ当たり前であった。

ただ、あまりにも手紙がそっけなく、行き先が一切書かれていないことにも胸騒ぎをおぼえた。

とりあえず廃屋レストハウスの裏に車を走らせてみた。彼女が死体を埋めたところには、ポピーやガーベラが咲き乱れていた。佐月希亜が去年の冬のうちに植えたのだと思う。供養《くよう》のつもりか——なぜ隠し通すべき秘密なのにわざわざ目立つことをするのかとも思うが、彼女なりの人生観、美意識のようなものがあるのだろう。

東京近郊に人探しの専門の探偵がいるのをネットで見つけた。咲島秋、という名だ。探偵の評判を探すと、「人探しに関してはかなりの辣腕《らつわん》で、百名近い失踪者《しっそうしゃ》を見つけ出している」という書き込みを見つけた。

もちろんネットの評判など、本人その他関係者が作り上げたものではないかと疑いもするが、本当に見つかるのなら、と試しに一人捜索した場合の料金を見積もって欲しい旨《むね》のメールをだしてみた。

三十分ほどで返信がきた。提示された金額は捜索料と成功報酬にわかれており、見つかっても見つからなくても金はかかる。相談料は無料。泰斗には決して安い金額ではないが、なんとか支払い可能な額だった。できる限りの情報が欲しいということで、一度会って話をすることにした。

大宮にある喫茶店で顔をあわせた。女探偵であった。黒く長い髪に、銀縁の眼鏡をしている。

「あ、私、咲島と申します」女は名刺をだす。咲島秋と書かれている。

「春は失踪の季節なんですよ」

珈琲《コーヒー》を注文し、向かい合った。

「お探しの方は恋人ですか？」

「あ、えっと」泰斗は口ごもった。よくわからない。恋人、という甘いものではない。肉体関係もない。友人。厳密に友人かというと少し違う気もする。それならば知人、だろうか。

「知人です」

死体遺棄の件を抜きにして、おおまかな説明をした。探して欲しいのは一人の女性である。去年出会い、冬から今年の春まで自分の経営するレンタルハウスを借りていた。少しいろいろ思い詰めた様子で、気になっている。どうも住んでいた家は退去して、住所不定状態ではないかと思う。あるいは自殺しそうな気配もある。

咲島は、メモをとりながら話をきいていた。あらかた話が終わると、

「なぜ自殺しそうだと思うのですか？」

ときいた。

「いろいろ悩んでいたみたいで。その悩みについては個人的なことなので話せないんですが」

咲島は頷《うなず》き、メモになにやら書き込んだ。

「だいたい話をきいた限りでは、私は佐月さんは、生きていると思います。三ヶ月以上冬の山奥に一人でいらっしゃったんですよね。あまり多くを求めずに生きられる人なのだと思います。そういう人は、強い」

「強い……」

「行動に計画性があります。きちんと料金を支払い、動きやすい春まで出発を待って

いる。最初に家を借りた冬の時点で決めた通りに動いている。自殺するならその三ヶ月の間にすると思いますし。経験上、生きていると思います。探してみますか？」

藤島泰斗は捜索を依頼するつもりでこの探偵に会いにきた。そしてこの女探偵からは、己の仕事に対する自信を感じる。

「生きているなら、彼女はいったいどこに」

「おそらく現在は〈旅〉をしている可能性が高いと思います。つてがあるならつてがある場所に向かっているでしょう。ないなら出発した季節を考えれば、道路が凍結している東北方向を避けて、西、もしくは南に。悩みの内容にも影響されますが」

「ああ」

探偵にいわれると、確かにそんな気がした。

「フェリーやゲストハウス、道の駅や、格安の宿泊所などを、タントと一人旅の女性をキーワードに虱潰《しらみつぶ》しにあたってみます。住民票の移動その他も調べてみます」

ふとそこで気持ちが揺らいだ。

探す必要があるのか。彼女が〈強い〉のなら。

佐月は自分に追って欲しくないのだ。だから短い書き置き以外になんの手がかりも残さなかった。そもそも行き先について書き残す必要も義理もない。恋人でもない、そして友人ともいいきれない男なのだから。そしてこちらもまた、住所を知りたいわけでも、追いかけていきたいわけでもないのだ——。

強いのか。一人で死体を棄てに山にきて、ばれたと思うや色仕掛けをし、通じなければ、フライパンで攻撃——振り出しに戻ったついでに自分を傷つけた男を温泉宿に誘う。弱くはない。確かに強いのだろう。不意に笑いの発作に襲われ、泰斗は笑い出した。咲島が怪訝《けげん》そうに見る。

泰斗は笑いが収まってからきっぱりといった。

「ごめんなさい。ちょっと、その、いろいろ考えまして、彼女は別に探して欲しくはないのだろうと、今、思いました。ぼくは探さないことに決めました。わざわざ相談のお時間をとらせてしまい、すみません」

「あ、いえ」咲島はいった。「よくあることですからお気になさらずに」それから微笑《ほほえ》んだ。

探偵と別れて、大宮から新幹線に乗り、前橋のアパートに戻ると、ベッドの上に寝転がった。徒労もいいところだ。ひどく疲れていた。パソコンを開き、レンタルハウスのＨＰに佐月へのメッセージを記した。

〈あの場所にポピーを植えたＳ・Ｎへ、心配しているので、葉書か何かを出してくれ！〉

ほんの一瞬、旅する彼女が思い浮かんだ。

西へ。きらきらと光を放つ太平洋沿いの道を走っているタントと、鼻歌を歌ってハンドルを握っている佐月。

心配しているので、を消して、つけ加えた。

〈葉書か何かを出してくれ。そして良い旅を〉

その後、佐月希亜について何かが報道されることはなかった。ＨＰにメッセージが送られてくることもなかったし、葉書がくることもなかった。

彼女がいなくなった翌年。藤島泰斗はＳＮＳで知り合った女性と結婚した。二年後には長男が、三年後には長女ができた。子煩悩《ぼんのう》で、休日は公園や博物館、科学館にいき、平日は息子と娘を幼稚園に送り迎えする父親になった。

かつて死体遺棄をした女性と交流があった話は、妻にも他の誰にもしないでいる。

心の奥底にしまいこまれた真夜中の秘密は、時折鮮烈に甦る。警察が家の戸を叩《たた》き、引きずり出されてパトカーに乗せられる夢をみて汗だくで目を覚ましたこともある。

「あの花畑に死体を埋めた女を知っているだろう」と夢の中の警官はいう。娘が生まれた翌年に、少し気になって例のレストハウスの廃墟を見にいこうとしたら、土砂崩れで道が通行止めになっており、引き返した。

それから時は流れ、彼女のことを考えることはもう滅多にない。だが、時折、夜が近い秋の夕暮れどきに、不可思議で恐ろしい逃避行めいた温泉宿の記憶が甦り、静かに戦慄《せんりつ》する。あの頃自分は若かった。みな誰もが若く、そしてぎりぎりで、懸命だった。佐月希亜からの連絡はついに一度もなかったが、きっとどこかで生きていて、からからと笑っているのだと、ずっと泰斗は信じ続けている。

解説

朝宮運河

本書は恒川光太郎が新境地を拓《ひら》いた二〇二〇年九月刊行の連作短編集『真夜中のたずねびと』の文庫版である。

恒川光太郎といえばデビュー作『夜市』以来、現実と異界の関わりを豊かなイマジネーションで描いた物語で知られる。しかし本書に収められた五編に、異世界に大きく飛躍していくようなファンタジーの要素はあまり見られない。むしろ現実内で完結する物語がほとんどで、数ある恒川作品中、もっとも現代ミステリーに接近した作品集ともいえそうだ。

このようなテイストになった理由について著者は、単行本刊行時のインタビュー（ブックサイト「好書好日」掲載）において「たまたま」だったと語っている。最初に書いた「母の肖像」にファンタジー要素が希薄だったことから、「この路線で揃《そろ》えてみよう」と思い立ったというのだ。

しかしリアル路線に寄ったかに見える五編には、それぞれきらりと光る幻想の破片が埋め込まれている。著者の言葉を借りるなら「5パーセントくらい」に抑えられた超自然のかけらが、シリアスでダークな物語に陰影を与え、魅力的な奇《き》譚《たん》の世界を作り上げているのだ。

二〇一六年から二〇年にかけて新潮社の雑誌「yom yom」に発表された収録作は、それぞれ独立した物語だが、冒頭から読んでいくと共通した傾向に気づくはずである。たとえばいくつかの作品で同じ人物が登場し、ゆるやかな連作をなしている。また、五編はすべてなんらかの形で〈旅〉を描いており、さまざまな事情を抱えた登場人物たちはどこからかやってきて、どこかへと去っていく。そうした展開がもたらす独特のはかなさと、旅につきものの非日常性が全体を包み込んでおり、それがまた本連作にロマンティックな雰囲気をまとわせている。

各収録作について、簡単な解説を加えておこう。

「ずっと昔、あなたと二人で」（「yom yom」vol. 50、二〇一八年六月号「老婆《ろうば》と少年」を改題）は、放浪生活を送る十代前半の主人公・アキの物語。ある日、鍵《かぎ》の開いていた一軒家に忍び込んだアキは、疲れてそのまま眠ってしまう。しかし住人の老婆はアキを追い出すことなく、そのまま住まわせてくれた。

霊能者として生計を立てているらしい老婆と、辛《つら》い経験がもとで言葉を発することができなくなったアキ。二人の奇妙な共同生活が始まる。スーパーへの買い出しやインチキ霊視の手伝いなど、老婆に与えられたさまざまな〈使命〉をこなすうち、アキは少しずつ失われていた日常を取り戻していく。

そんなある日、アキはそれまでで一番大きな使命を与えられた。目的は遠い町に残されている、老婆の大切なあるものを探してくること。新幹線とバスを乗り継いで目的地に向かったアキは、この冒険を通してかけがえのない友達を得る。現実と幻想の境界が次第に溶けていくような、美しい旅の描写が大きな読みどころだ。

旅に始まり旅に終わるこの物語は、怪奇テイストのロードムービーを思わせるが、根底には喪失体験からの回復というテーマがある。耐えがたい別れを体験した時、人生の時計の針は動きを止めてしまう。老婆もアキも大切な人を亡《な》くして以来、奇妙な時間の流れの中で生きてきた。しかしアキは冒険の旅によって強くなり、〈ひとりぼっち〉であることをあらためて自覚する。喪失に向き合うアキの姿に、胸を衝《つ》かれるような思いがする。

「母の肖像」（「yom yom」vol. 41、二〇一六年九月号）の主人公・河合《かわい》一馬《かずま》は、職場を出たところで咲島秋《さきしまあき》という人探し専門の探偵に声をかけられた。聞けばしばらく連絡を絶っていた母・美智香《みちか》が彼に会いたがっているという。しかし一馬は気が乗らない。というのも一馬の両親はひどい人間だったからだ。

現在行方不明の父親は詐欺師《さぎし》で殺人者。母親はそんな男の言葉に騙《だま》されて、家族や財産を失い、薬物に溺《おぼ》れていた。刑務所暮らしを終えても自分の弱さや甘さを直視することなく、自己中心的な発言をくり返す母親に、一馬はうんざりし、「母は何もかも間違っていて、これまでもこの先も間違ったことしかできないんじゃないか」と思う。

　この小説で旅に出るのは一馬ではなく、間違えた人生を歩み続けてきた母親だ。これまでほとんど主体的に人生を生きてこなかった彼女が、ある大胆な行動に出たことで、奇怪な現象に見舞われるようになり、そのことが旅立ちのきっかけとなる。結末近くで描かれる鮮烈な二人旅のイメージは、正しいか正しくないか、幸福か不幸かという分かりやすい価値観の向こう側に、私たちを誘ってくれるはずだ。

「やがて夕暮れが夜に」（「yom yom」vol. 44、二〇一七年六月号）はとても怖い小説だ。といっても描かれているのは幽霊や怪物の怖さではなく、社会に蔓延《まんえん》する目には見えない悪意に触れてしまう怖さである。

主人公の津垣《つがき》あかりと両親は、あかりの弟が起こした少年犯罪によって世間のバッシングを受け、身の危険にさらされる。進学を諦《あきら》め、隣県で独り暮らしを始めたあかりだったが、殺人者の家族であるという事実はいつまでも、まるで怪異のように津垣家を追いかけてくるのだった。いや、もしかして本当に怪異なのかもしれない。そう考えたくなるほど、あかりを苦しめる人の邪悪さが恐ろしい。

しかもこの作品がユニークなのは、あかりが殺された被害者の少年を好きになってしまうことだ。成績優秀で誰からも好かれていたという少年は、あかりの夢の中に現れ、彼女に語りかけてくる。消そうとしても消えない感情は、あかりの命そのものの象徴のようにも思える。やがてあかりはそれまでの生活を捨て、隠者のような流浪の暮らしに身を投じる。

不条理な展開といい、奇妙な味わいのラストシーンといい、謎《なぞ》めいた部分の多い怪奇幻想ミステリーだが、それだけにあかりを苦しめる闇《やみ》の深さと、その中で光を放つ彼女の生き方が際立《きわだ》つ。社会派的な題材を扱いながら、人と運命というより大きなテーマを感じさせる一編だ。

旅する者同士の出会いが、思わぬドラマを招き寄せることもある。「さまよえる絵描きが、森へ」（「yom yom」vol. 58、二〇一九年十月号）はそんな作品だ。母との再会を経て自らも旅する身となった一馬（「母の肖像」の主人公）は、ゲストハウスで知り合った男から一方的に、長文の身の上話を送りつけられる。そこに記されていたのは、経済的に恵まれているがゆえに、人生の目標を見つけられない日々の記録。ある事件を起こしてしまった彼は、やがて遺族への償いに生き甲斐《がい》を見いだしていく。

　ＫＥＮを名乗る男はなぜこんな告白を送りつけてくるのか。果たして書かれている事件は実際にあったことなのか。やがて意外な事実が次々と明らかになり、一馬を戸惑わせる。「母の肖像」同様、迷路のように入り組んだ人の心に光を当てた一編だが、そこにホラーのエッセンスを数滴垂らすことで、異様さをいっそう際立たせている。

　余談ながら、旅先での偶然の出会いが孤独な男の人生を浮かび上がらせるという展開は、江戸川乱歩の名作「押絵と旅する男」を連想させるところがある。そういえばどちらの作品も、絵の中の女性が重要な役割を果たしていた。両者を読み比べてみるのも一興だろう。

　すでに述べてきたとおり、五つの収録作は何らかの形で旅を描いている。そこにはさまざまな意味合いが込められているはずだが、最終話「真夜中の秘密」（「yom yom」vol. 60、二〇二〇年二月号）における旅は本来の自分を取り戻すきっかけとなる、再生の儀式だ。

主人公の藤島泰斗《ふじしまたいと》は祖父の残した山の家でレンタル民家を営んでいる。この家に滞在していた彼はある夜、何か事情を抱えているらしい女性を見かけ、声を掛けた。死体を埋めようとしていたこの女性と争いになり、過《あやま》って殴り殺してしまったと思い込んだ泰斗は、女性の車を運転し東京に向かう。やがて夜のドライブは思いも寄らない目的地へ、泰斗と女性を運んでいく。モラルや法の支配する昼間から切り離されたような、自動車旅行の描写がしみじみ素晴らしい。

このドライブをきっかけに女性は、自分の人生を生きようと決意する。そして巻き込まれた形の泰斗は、その背中を静かに見守ることになる。五編中もっとも静かなストーリーの底に、冬から春に向かうような命の芽吹きが感じられる佳品。生まれ変わるたび、人は何度でも旅に出る。何ものにも縛られない自由を謳《うた》うこの物語は本書のラストにふさわしいだけでなく、すべての恒川作品とも深いところで繋《つな》がっている。

近年の著者の動向についても触れておこう。二〇〇五年に短編「夜市」で第十二回日本ホラー小説大賞を受賞、同名の作品集で鮮烈なデビューを飾った恒川光太郎は、その後も第六十七回日本推理作家協会賞に輝いた時代ファンタジー『金色機械』（二〇一三年)、恒川版異世界冒険小説『スタープレイヤー』(二〇一四年)などの話題作を執筆。二〇一二年には初の絵本『ゆうれいのまち』を手がけるなど、活動の幅を広げている。

『真夜中のたずねびと』刊行前後には短編集や連作集を相次いで発表しているが、そのどれもが高いクオリティを誇っているのは驚きだ。空想の翼を極限まで広げた『白昼夢の森の少女』(二〇一九年)、動物モチーフの異色幻想小説を集めた『化物園』(二〇二二年)、複数の世界が不思議な道具によって繋がる『箱庭の巡礼者たち』(同)。奇想天外な物語と、濃密にして鮮やかなイマジネーション、静かだが深みのある文章が作り上げる世界は、比類がない。

恒川光太郎の作品は良質なエンターテインメントでありながら、神話的な奥行きと広がりを常に感じさせる。それは私たちが生まれたときから抱いてきた答えのない問いを扱っているからではないだろうか。

人はなぜ生きるのか。どこから来て、どこへ行くのか。世界はなぜ存在するのか。言葉では単純に答えられないそうした問いへの答えを、恒川光太郎は物語の形で表現し続けている。『真夜中のたずねびと』も紛れもなくそういう本だと思う。

人生に迷ったり行き詰まったりしたとき、私はまたこの本のページを開くだろう。

真夜中の底できらめく、奇妙で切実で美しい物語の息吹《いぶき》を感じるために。そして登場人物たちと同じく、自分もまた自分の人生を旅しているのだと思い出すために。

（令和五年三月、書評家）

この作品は令和二年九月新潮社より刊行された。

佐藤多佳子著

明るい夜に出かけて

山本周五郎賞受賞

深夜ラジオ、コンビニバイト、人に言えないトラブル……夜の中で彷徨う若者たちの孤独と繋がりを暖かく描いた、青春小説の傑作！

恩田 陸 著

夜のピクニック

吉川英治文学新人賞・本屋大賞受賞

小さな賭けを胸に秘め、貴子は高校生活最後のイベント歩行祭にのぞむ。誰にも言えない秘密を清算するために。永遠普遍の青春小説。

よしもとばなな著

さきちゃんたちの夜

友を捜す早紀《さき》。小鬼と亡きおばに導かれる紗季《さき》。秘伝の豆スープを受け継ぐ咲《さき》。〈さきちゃん〉の人生が奇跡にきらめく最高の短編集。

浅原ナオト著

今夜、もし僕が死ななければ

「死」が見える力を持った青年には、大切な誰かに訪れる未来も見えてしまう――。愛する人への想いに涙が止まらない、運命《いのち》の物語。

小 川 糸 著

サーカスの夜に

ひとりぼっちの少年はサーカス団に飛び込んだ。誇り高き流れ者たちと美味しい残り物料理に支えられ、少年は人生の意味を探し出す。

恩田陸・阿部智里
宇佐美まこと・彩藤アザミ
澤村伊智・清水朔
あさのあつこ・長江俊和
著

あなたの後ろにいるだれか

―眠れぬ夜の八つの物語―

恩田陸の学園ホラー、阿部智里の奇妙な怪談、澤村伊智の不気味な都市伝説……人気作家が競作、多彩な恐怖を体感できるアンソロジー。

真《ま》夜《よ》中《なか》のたずねびと

新潮文庫　つ-27-2

令和五年五月一日発行

著者　恒《つね》川《かわ》光《こう》太《た》郎《ろう》
発行者　佐藤隆信
発行所　株式会社　新潮社
郵便番号　一六二―八七一一
東京都新宿区矢来町七一
電話　編集部(〇三)三二六六―五四四〇
読者係(〇三)三二六六―五一一一
https://www.shinchosha.co.jp

価格はカバーに表示してあります。
乱丁・落丁本は、ご面倒ですが小社読者係宛ご送付ください。送料小社負担にてお取替えいたします。

印刷・錦明印刷株式会社　製本・錦明印刷株式会社

ISBN978-4-10-135132-2 C0193